# 죽이고 싶은 아이 2

죽이고 싶은 아이 2

**초판 1쇄 펴낸날** 2024년 7월 1일
**초판 5쇄 펴낸날** 2024년 9월 9일

**지은이** 이꽃님
**펴낸이** 홍지연

**편집** 홍소연 이태화 김선아 차소영 김영은 서경민
**디자인** 이정화 박태연 박해연 정든해
**마케팅** 강점원 최은 신종연 김가영 김동휘
**경영지원** 정상희 여주현

**펴낸곳** ㈜우리학교
**출판등록** 제313-2009-26호(2009년 1월 5일)
**제조국** 대한민국
**주소** 04029 서울시 마포구 동교로12안길 8
**전화** 02-6012-6094
**팩스** 02-6012-6092
**홈페이지** www.woorischool.co.kr
**이메일** woorischool@naver.com


ISBN 979-11-6755-272-3 44810

• 책값은 뒤표지에 적혀 있습니다.
• 잘못된 책은 구입한 곳에서 바꾸어 드립니다.

# 죽이고 싶은 아이 2

이꽃님 장편소설

우리학교

일러두기

- 이 책에 등장하는 사건은 픽션이며, 청소년 형사 사건의 절차가 실제와 다를 수 있습니다.
- 인물의 성격과 특징을 살릴 수 있도록 입말을 사용하였기에 맞춤법에 맞지 않은 말이나 비속어가 포함되어 있습니다.

# 1

## 소문

야야, 너 걔 알지? 왜, 학교에서 친구 죽인 애. 그것도 벽돌로 쾅! 어우, 소름 돋아. 걔 재판받는 내내 자기가 죽인 거 아니라고, 소리 박박 지르고 난리 친 것도 알고 있었어?

야, 말도 마. 우리 삼촌이 경찰이거든? 아니, 걔를 직접 수사한 건 아니지만 삼촌도 관계자니까 들은 이야기가 있을 거 아니야. 경찰들도 살다 살다 그런 애는 처음 봤다고 혀를 찼대.

삼촌이 그러는데, 범죄자들 처음엔 다 아니라고 한대. 딱 잡아떼고 아니라고 하다가 증거 나오면 결국 잘못했다고 인정한다 하더라고. 근데 걔는 독종도 그런 독종이 없었다더라. 자기가 그런 거 아니라고 아주 딱 잡아떼는데, 그냥 기억이 안 난다 이거야. 무슨 기억 상실증이냐고. 왜 친구가 죽던 그 순간만 기억이 안 나냐는 거지. 말이 안 되잖아.

경찰이 증거를 막 들이대도 모르겠다고 했대. 완전 귀 닫고 입 닫고 에- 에- 안 들린다 이거 아니냐. 오죽하면 변호사가 도저히 변호 못 하겠다고 도망을 갔겠냐고.

그 뒤로 아무도 변호 안 한다고 하니까, 나라에서 오는 국선 변호사만 믿어서는 안 되겠다 싶었는지 갑자기 막 자기가 그런 게 맞는 것 같다고 했다는 거야. 자기가 죽인 것 같다고. 이제 좀 사실대로 다 말하나 싶어서 다시 물으면 또 기억이 안 난다 그러고. 어느 날은 한마디도 안 하다가 어느 날은 미친년처럼 날뛰고 난리였대.

정신병으로 몰아서 재판에서 감형받으려고 했다는 얘기도 들리던데. 미성년자니까 정신병까지 더해지면, 그 뭐라더라 심신 미약인가 뭔가, 아무튼 그걸로 감형 엄청 받는다더라고.

그래서 어떻게 됐냐니? 너 재판 결과 몰라? 유튜브에도 엄청 올라왔는데 못 봤어? 그날 학교에서 그걸 전부 다 지켜본 목격자가 있었다잖아. 그 목격자가 재판에 딱 나타나 가지고 사실은 자기가 다 봤다면서 진실을 싹 밝힌 거지.

목격자가 왜 뒤늦게 나타났냐고? 왜겠냐. 그동안 무서워서 못 나왔다잖아. 경찰서에 찾아가는 것도 무섭고 그랬겠지. 야, 나 같아도 무서웠겠다. 안 그래? 생각해 봐. 사람 죽인 애 앞에 나타나서 내가 다 봤어요, 말해야 하는 건데 그게 안 무섭겠냐고. 나 같으면 벌써 지렸다, 지렸어.

소문으로는 친구 죽인 애, 걔 집도 되게 잘산다는데. 해코지라도 하면 어쩌냐. 절대 쉽게 용기 못 내지. 그래도 진짜 고맙지 않냐. 용기 내서 증언해 준 덕분에 범인이 찍소리 못하고 잡힌 거잖아.

진짜 어떻게 생겨 먹은 애인지 궁금하다, 궁금해. 그런 애들은 딱 봐도 티가 나겠지? 눈빛이 보통 사람이랑은 다를걸. 보나 마나 완전 역겹게 생겼겠지. 지난번에 방송 나온 거 보니까 걔랑 알고 지낸 사람들도 다 싫어하더만.

아, 맞다! 야, 그 범죄 전문 유튜버 있잖아. 그 사람이 걔 신상 털 거라고 예고했다던데. 얼굴이랑 이름은 물론이고 어디 사는지, 어느 학교인지도 다 털 거래. 이번 주에 업로드할 거라던데. 어우, 나는 그런 애가 우리 동네 살면 너무 무서울 것 같아. 섬뜩하지 않냐.

심하긴 뭐가 심해. 사람을, 어? 그것도 학교에서 친구를 죽인 애인데. 무슨 범죄자 인권을 보호하냐고. 진짜 악질 중에서도 악질이라니까. 반성의 기미가 없다잖아. 자기가 죽였다고 했다가 아니라고 했다가 난리 부르스를 쳤다는데. 걔 하나 때문에 고생한 경찰은 뭐 호구냐? 그리고 불쌍하게 죽은 애는? 어떻게 범죄자 인권은 생각하면서 피해자 인권은 생각도 안 하냐?

나는 그런 범죄자는 싹 다 신상 털어도 된다고 생각해. 중딩이고 고딩이고 간에, 나쁜 짓을 했으면 처벌을 받아야지. 그러려고 법이 있는 거 아니냐? 그리고 고딩이면 알 거 다 알지, 미성년자 좋아하네. 꼭 그런 애들이 지켜야 할 건 개뿔도 안 지키면서 지들 불리할 때만 미성년자 운운하더라.

하여간 나쁜 새끼들은 싹 다 어디 시베리아 벌판에 있는 감옥에 가둬야 해. 그래야 정신을 차리지. 범죄자 신상만 털 게 아니라 그 주변 인물들이랑 가족까지 싹 공개해야 된다고 봐.

난 그냥, 인간이 될 가능성도 없는 애들은 옛날에 조선 시대 때 그랬던 것처럼 어디 묶어서 걸어 놨으면 좋겠어. 지나가는 사람마다 돌팔매질해서 맞아 죽게.

아우, 뭐래. 조선 시대에 진짜 묶어서 돌팔매질을 했는지 아닌지 내가 어떻게 알아. 너 뭐, 역사학자야? 지금 논문 쓰냐고. 사실 여부를 왜 따지는데. 그냥 말이 그렇다는 거지.

야! 사사건건 따질 거면 가. 왜 말을 하는데 트집을 잡고 난리야, 트집을. 하여간 성격 진짜 이상하다니까.

# 2

## 신 형사

신지훈 형사는 의자에 몸을 기댄 채 눈을 질끈 감았다. 그의 오른손이 노크라도 하듯 책상을 톡톡 두드리고 있었다. 신 형사는 며칠째 같은 장면을 생각하고 또 생각했다.

재판에서 목격자 증언이 있었고, 모든 것은 분명해지는 것 같았다. 그때까지만 해도 신 형사는 진실이 밝혀지는 것에 통쾌함을 느꼈다. 하지만 재판정에서 나오던 목격자의 모습을 본 뒤부터 이상한 기분이 들기 시작했다. 불쾌함이었을까, 찝찝함이었을까. 뭐라고 명확히 설명하기 어려운 감정은 그 장면을 떠올릴 때마다 신 형사를 더 혼란스럽게 만들었다.

목격자는 도대체 왜 웃고 있었을까.

그러고 보니 이해가 되지 않았다. 무서워서 경찰에 전화 한 번 하지 못했다던 목격자가 정작 증언을 할 때는 떨지도 않았다. 마치 기다렸다는 듯 술술, 말 한 번 더듬지 않고 진술을 했다. 어디에도 무서워하는 듯한 느낌은 없었다.

하지만 목격자가 떨지 않고 증언했다는 게 문제가 될 일인가? 증언이 끝난 후 재판정 밖에서 웃는 게 이렇게까지 찜찜할 일인가? 그저 힘든 증언을 모두 끝냈다는 안도감에 웃음을 지을 수도 있는 것 아닌가.

"왜 그래?"

"어?"

동료인 박 형사의 물음에 깜짝 놀란 신 형사가 되물었다.

"무슨 일 있어? 온종일 한숨만 쉬고 있잖아."

"아무 일도 아니야."

그때 사무실 TV에서 뉴스가 흘러나왔다. 몇 년 전, 지방에서 일어난 살인 사건 수감자가 억울하게 옥살이를 하고 있다며 재심 전문 변호사와 함께 소송을 제기했다는 소식이었다. 신 형사의 시선을 알아챈 박 형사가 채널을 돌리며 말을 이었다.

"저런 뉴스에 마음 쓰지 마. 그나저나 이번 일 잘 해결됐으니까 얼마나 다행이냐. 나는 뭐니 뭐니 해도 피해 학생

어머니 얼굴 이제 좀 볼 수 있을 것 같아서 면이 선다. 그 어머니 얼굴 봤냐. 재판 결과 안 좋았으면 나 잠 못 잤어. 내 딸이 학교에서 친구한테 그렇게 됐다고 하면……. 어우, 상상도 하기 싫다. 목격자 증언 없었으면 시간만 질질 끌고 사람 여럿 고생할 뻔했지, 뭐."

"그…… 목격자 학생 말이야."

"왜?"

"뭐 이상한 점 없었지?"

"이상한 점? 글쎄. 뭐 때문에 그러는데?"

형사 일에 언제나 진심을 다하지 않은 적이 없었지만, 이번만큼은 특히나 사력을 다했다. 범인을 잡아 자식 잃은 슬픔을 조금이나마 덜어 주고 싶었다. 어쩌면 그래서 신 형사도 더 감정적으로 사건을 대했는지 모르겠다. 몇 번이나 울다 까무러치는 서은 엄마의 모습을 보는 것만으로도 고통이 전달되어 힘든 사건이었다.

피해자는 미성년자였고 증거는 너무도 분명했다. 그랬기에 더 빨리 범인을 잡고 싶었다. 혹시 그래서 서둘렀던 건 아닐까. 더 명확해질 때까지 수사해야 했던 게 아닐까. 용의자로 지목되었던 지주연 학생은 어째서, 끝까지 자신이 그런 게 아니라고 했을까.

"그러고 보니 이상하긴 했지."

박 형사의 말에 신 형사의 신경이 곤두섰다.

"어디가?"

"그게, 목격자 진술할 때 말이야."

"말을 너무 잘했지? 떨지도 않고."

신 형사의 물음에 박 형사가 안경을 치켜올리며 답했다.

"뭐, 그거야 알 수 없는 거지. 그런 사람 있어. 속으로 엄청 떨어도 겉으로는 무덤덤해 보이는 사람. 속을 들여다볼 수 있는 게 아닌 이상 떨었는지 아닌지, 우린 모르지."

"그럼 뭐가 이상하다는 거야?"

"그날, 진술할 때. 보통은 목격자가 피의자 얼굴을 그렇게 뚫어져라 보지는 않잖아. 근데 그 학생은 이상하게 지주연 학생을 빤히 쳐다보더라고. 이렇게."

박 형사가 신 형사의 어깨를 돌려 얼굴을 마주 보았다. 눈이 마주친 신 형사는 너무 빤히 바라보는 게 어색하다는 듯 눈썹을 찌푸리고 고개를 돌렸다.

"봐 봐. 사람이 사람을 이렇게 뚫어져라 쳐다보면 뭔가 불편하거든. 근데 그 목격자 학생은 이렇게 빤히 지주연 학생을 바라보더라니까. 꼭 지주연 학생이 어떤 표정을 짓는지 확인하려는 것처럼."

확인을 하려고 했다고? 신 형사는 박 형사의 말이 가슴 어디에선가 턱 하고 걸리는 느낌을 받았다. 그 느낌이 밤낮없이 자신을 괴롭히리라는 예감과 함께.

"박 형사. 혹시…… 혹시, 정말 만에 하나 말이야. 목격자가 거짓으로 진술을 했다면……."

"무슨 말이야?"

"그냥. 목격자 말만 믿을 수 있나 싶어서. 그 학생이 거짓으로 진술했을 가능성도 있잖아."

박 형사가 신 형사의 어깨를 툭 치며 말했다.

"어이, 신지훈. 너 그것 때문에 사건 현장에 매일같이 가 보는 거야?"

"어떻게 알았어?"

"어떻게 알긴. 네 눈에는 내가 뭐 노는 사람으로 보이냐? 너 하나 소재 파악하는 거야 껌이지."

박 형사 말이 맞았다. 신 형사는 목격자의 웃음을 본 뒤로 벌써 사흘째 매일 학교에 드나들고 있었다. 학교 주변을 맴돌기도 하고 현장을 찾아 혹시라도 자신이 놓친 것은 없는지 보고 또 보았다. 행여나 하는 마음에 증거물로 제출됐던 벽돌에 묻은 지문을 모두 찾아보기도 했다. 목격자와 조금이라도 관련이 있지는 않을까 하는 마음이었다. 하지만 어떤 것에서도 목격자와 관련된 증거는 나오지 않았다. 사람들 말대로 목격자야말로 진실되게 용기를 낸 사람일지 몰랐다. 그런 사람을 단지 하늘을 보며 웃었다는 이유로 의심한다는 게 옳은 일인가. 신 형사의 마음에는 수십 개의 말들이 어지럽게 맺혀 있었다.

학교 앞은 아파트 단지였고 서은이 죽은 학교 뒤편은 오래된 주택가와 붙어 있었다. CCTV는 없었고 증거는 더 이상 나오지 않았다. 하지만 20년 동안 형사 일을 해 온 신 형사에게는 찝찝함이 남아 있다는 것 자체가 수사를 종결할 수 없는 이유가 되었다.

신 형사는 작은 증거라도 찾을 수 없을까 하는 마음에 주택가를 서성이고 또 서성였다. 학교 담벼락이 높아 길가에서는 학교 뒤편이 보이지 않지만 주택 2층에서라면 보였을지도 모를 일이었다. 그렇게 하루, 이틀, 사흘……. 시간이 날 때마다 신 형사는 학교를 찾고 또 찾았다.

"온종일 사건 현장에서 살아 봐라. 뭐가 달라지나. 우리가 현장에 안 가 봤어? 증거고 지문이고 확인 안 해 봤냐고. 현장이 범인은 지주연이라고 말하고 있잖아."

"지주연은 어때? 사실 인정한대?"

주연은 재판 이후 마치 목소리를 잃은 사람처럼 어떤

말도 하지 않았다. 불러도 반응이 없었고, 더 이상 쓸모없어 버려진 인형처럼 방치된 하루를 보내고 있었다. 주연의 모습이 어떠한지 알기에 박 형사는 그저 흠, 헛기침만을 내뱉을 뿐이었다.

"기다 아니다 말이 없지, 뭐."

"만약에 지주연 말이 맞으면?"

"뭔 소리야, 또."

"지주연이 죽인 게 아니면. 그런데도 우리가 밀어붙인 거면. 그럼 그 학생 인생은 어떻게 되는 건데?"

형사 일을 하다 보면 하루에도 수십 번 머리가 댕, 댕 울리는 일이 생겼다. 누구든 의심해야 하고 누구도 의심해서는 안 되는 게 형사의 일이었다. 죄를 지은 이를 찾아내 누명 없이 일을 처리하는 것은 영화나 소설과 달리 훨씬 어려웠다.

"지훈아, 이번 사건에 목격자 증언이 엄청 큰 거 알지? 이제 와서 목격자 진술에 신빙성이 없다고 하면, 사건 엎자는 거랑 똑같아. 피해자 어머니 가슴에 못 두 번 박는 거고, 피해자 두 번 죽이는 거야. 우리 인간적으로 그런 짓은 하지 말자. 응?"

박 형사가 신 형사의 어깨를 두어 번 두드리고는 곁을

지나치려 할 때, 신 형사가 무거운 목소리로 말을 이었다.

“아까 뉴스에 나오던 재심 사건 말이야.”

뜬금없이 무슨 말이냐는 듯 박 형사의 얼굴이 구겨졌다.

“누구 잘못일까. 억울하다는 말을 믿어 주지 않고 끝까지 용의자를 범인으로 밀고 간 형사 잘못일까, 확실한 알리바이를 대지 못한 용의자 잘못일까.”

재심에 관한 뉴스가 나올 때마다 신 형사는 가슴 한 켠에 두려움을 느꼈다. 옳은 일을 하고 있다는 믿음이 혹시 실수가 아니었을까 하는 안개 같은 두려움으로 변해 몸속 가득 퍼져 나갔다. 박 형사는 그런 신 형사의 가슴속에 번지는 두려움을 느꼈다. 그 매캐하고 불쾌한 안개는 연기처럼 흩어지다 어느 순간에 작은 불줄기를 만들어 낼지도 몰랐다. 두려움에 불이 붙으면 더 이상 형사는 범인을 잡을 수 없게 될 터였다. 그래서 박 형사는 단호한 목소리로 대답해야만 했다. 신 형사의 몸에 가득 낀 두려움의 안개가 불씨가 되지 않도록.

“잘못은 무슨. 누구한테 잘못이 있다는 거야. 정황 증거가 용의자를 지목하고 있으니까 체포한 것일 테고, 그 증거가 인정되니까 판사도 그런 판결을 낸 거겠지. 그 형사가 무슨 억하심정이 있어서 죄 없는 사람을 일부러 감옥에

넘었겠어? 물론 한 치의 억울함도 없어야지. 근데 형사는 뭐, 사람 아니냐? 용의자 잡아 봐. 백이면 백, 다 자기가 그런 게 아니라고 하지. 잡히자마자 죄송합니다, 제가 그랬습니다, 하는 사람이 몇이나 된다고 그래? 우리가 신도 아니고 용의자가 거짓말을 하는지 진실을 말하는지 어떻게 아냐고. 그래서 증거, 정황, 목격자, 그런 걸로 범인 잡는 거 아니야. 다들 최선을 다한 거라고. 그러니까 누가 잘못해서가 아니라 그냥 일이 그렇게 된 거야."

"그래서 틀린 거면?"

"뭐?"

"증거, 정황, 목격자, 그런 걸로 용의자를 잡았는데 그게 다 틀린 거면?"

"뭘 물어. 다시 바로잡아야지."

다시 바로잡아야지, 라는 박 형사의 말을 잊지 않으려는 듯이 신 형사는 혼잣말을 중얼거렸다.

다시 바로잡아야지.

바로

잡아야지.

# 3

## 학교 인근 주민

누구신데 남의 집을 도둑 새끼마냥 쳐다봅니까. 어딜 봐, 당신 말하는 거야. 당신.

내가 며칠을 지켜봤다고. 당신, 지금 근 일주일째 이러고 있는 거 내가 모를 줄 알아? 너 뭐야. 뭔데 자꾸 얼씬거려?

그러니까, 뭘 확인할 게 있어서 남의 집을 훔쳐보냐고. 너 어제 우리 집 담벼락까지 올라왔지? 이거 완전 잡놈 아니야. 너 이리 와! 내가 아주 경찰 불러다가 콩밥을 먹일 거니까.

뭐? 네가 경찰이라고? 아이고, 이제는 개나 소나 지가 다 경찰이라지. 공무원증 까 봐, 새끼야. 우리 이종 팔촌 형님이 경찰서장…… 아이구, 형사님 맞으시네.

흐흠, 흠. 그나저나 형사님이 저희 집은 왜……. 아, 여기 이

앞 학교에서 일어난 일 때문에 그러시는구나. 그거 아직 수사 다 안 끝났습니까? 아유, 고생 많으십니다. 저도 여기서 일어난 일에 관심이 아주 많습니다. 왜 아니겠습니까. 우리 딸도 이 학교 나왔어요. 아니요, 지금은 대학교 기숙사 살아요. 얼마나 다행인 줄 모릅니다. 우리 딸이 학교 다닐 때 그런 흉측한 일이 벌어졌으면 어쩔 뻔했습니까. 으휴, 세상이 말세다 말세다 해도 이렇게 말세일 줄이야 누가 알았겠습니까.

학생이, 그것도 학교에서 친구를 죽인 게 말이 됩니까. 저기, 뭐라더라. 그래 일진, 그 범인이 일진 맞죠? 누가 그러긴요. 우리 딸이 그럽디다. 범인이 피해자를 엄청 괴롭히고 그랬다면서요.

우리 때는 일진이 어디 있습니까. 좀 논다는 애들이 끽해봐야 운동화나 점퍼 좀 빼앗아 가고 그랬지. 어디 사람이 사람을 죽인답니까. 하여간에 양아치들도 옛날 양아치가 휴머니즘이 있었죠. 요새 애들은 어휴, 이게 다 드라마고 영화고 간에 흉악범들이 많이 나와서 그런 거라니까요. 사이코패스나 연쇄 살인마, 예? 이런 것들이 TV만 틀면 그냥 나오지 않습니까.

요즘 애들 무서워요. 저도 어지간해서는 안 건드립니다. 학생들이 담배를 피우고 있어도 그냥 눈 딱 감고 지나가요. 막

말로 담배 피우면 지 건강 해치지, 돈 나가지. 나랑은 아무 상관도 없다니까요. 담배 피우는 놈만 손해지요. 안 그렇습니까.

우리 집이 학교랑 이렇게 가깝습니다. 끽해 봐야 골목 하나 사이에 두고 있잖습니까. 이러니 온갖 종류의 애들이란 애들을 다 봐야 한다니까요. 몰래 담배 피우는 애들이 있질 않나, 우리 집 담벼락이며 대문에 가래침을 뱉어 놓고 가는 애가 있질 않나. 내가 집을 비워도 마음이 편하지가 않다니까요. 여기 보세요, 여기. 제가 그래서 대문이며 집 안이며 다 CCTV를 설치하고…….

예? 우리 집 CCTV 확인 좀 할 수 있냐고요? 아 그게…… 실은 여기 대문 CCTV는…… 짜예요. 아이참, 그게 아니고 가……짜라고요. 가짜.

아유, 거참. 형사님이 말귀를 잘 못 알아들으시네. 그래 가지고 어떻게 범인을 잡으려고 그러시는지, 허허. 아닙니다. 그냥 혼잣말했어요. 혼잣말.

우리 딸이 하도 세상이 흉흉하다고 CCTV 흉내라도 내야 한다고 해서 샀습니다. 학교에 그 사건 났을 때 제가 다른 형사님한테 CCTV 가짜라고 말씀드렸는데. 예, 예. 아무래도 다 기억 못 하실 수도 있죠.

흐음, 흠. 그래도 제가 대문에는 가짜를 붙여 놨어도 말이죠, 집 안에 홈 CCTV는 진짜로 되는 걸 딱 붙여 놨다니까요. 집 안에 무슨 CCTV냐고요? 아니 그게 펫캠이라고, 펫캠 아십니까? 우리 딸 대학 가고 집에 저 혼자 있으니까 딸이 저 적적할까 봐 강아지를 한 마리 데려왔더라고요. 행복이라고, 검은색 개인데 사진 한번 보여 드릴까? 아니 그러지 말고 한번 봐 봐요. 예쁘게 생겼죠?

우리 행복이가 아주 복덩입니다, 복덩이. 개가 아니고 사람 같다니까요. 내가 아주 딸처럼 키워요. 윤석이 분리 불안이 조금 있어서 펫캠을 설치해 뒀거든요. 설치한 지 제법 됐죠. 딸 대학 가고 얼마 안 돼서 설치했으니까요.

그러고 보니 맞아요, 그날. 이 학교에서 흉측한 일 있었던 날 말입니다. 그날 영상도 찍혔더라니까요. 지난번에 한창 조사하실 적에 다른 형사님 다녀가신 뒤로 제가 혹시나 해서 녹화된 걸 살펴봤거든요. 우리 행복이가 사람이 없을 때는 베란다 쪽에 저기, 창문 보이시죠? 저기 앉아 있거든요. 그래서 펫캠도 그쪽을 찍다 보니까 학교 뒤편이 조금 찍혔더라고요.

제가 또 사회 현상에 대단히 관심이 많은 사람이라서 영상을 허투루 보지 않고…… 예? 아, 그 영상 말입니까? 물론 있지요. 지우긴요, 하나도 안 지웠습니다. 보고 싶으시다고요? 예, 뭐 보는 거야 상관없지만…….

아니 그게…… 실은 뒤편이 조금 찍히긴 했는데 그렇게 자세히 나오지는 않아서요. 그냥 뭐 그림자 몇 개 왔다 갔다 하고……. 아, 그러고 보니까 창문에서 뭐가 뚝 떨어지는 것도 찍히긴 했던데. 근데 그게 계속 보니까 또 벽돌이라기엔 너무 작고. 펫캠에 붙어 있던 먼지 같기도 하고요.

예, 너무 기대는 하지 마시고요. 아무래도 펫캠 영상이라 화질이 영 좋지가 못해서 말입니다.

뭐, 그러십시다. 꼭 필요하시면 가져가세요. 근데 형사님, 조사 다 하시고 우리 행복이 영상은 돌려주시는 거죠? 행복이가 워낙 내 자식 같은 강아지라.

# 4

## 영상

그날, 펫캠에 찍힌 영상은 아주 작고 흐렸으며 사소한 것이었다. 강아지를 지켜보던 카메라 모서리에 학교 복도가 조금 잡혀 있는 게 전부였다. 주변에 그늘이 져 정확한 식별이 불가능했으나 창 가까이 그림자가 지는 것으로 사람이 오고 갔음을 알 수 있었다.

신 형사는 사건 발생 예상 시간을 중심으로 영상을 수십 번 돌려 봤지만 흐릿한 영상으로는 명확한 판단이 어려웠다.

"확대하면 화질이 깨져서 어려울 것 같긴 한데. 우선 한 번 해 볼게요."

복원 전문가가 다시 연락을 준 건, 그로부터 일주일이

채 지나지 않아서였다.

“AI로 화질을 좀 개선해 봤어요. 꽤 볼 만해졌던데 한번 보실래요?”

영상에는 긴 생머리의 주연으로 짐작되는 인물이 창가를 바라보다 서둘러 지나가는 장면이 찍혀 있었다. 그리고 주연이 떠난 후, 잠시 뒤 다가온 인물과 그 인물이 움직이는 장면까지. 정확히 목격자의 진술과 일치했다.

단 하나 다른 점이 있다면, 벽돌이 떨어진 시점이었다.

“잠깐. 여기 다시 볼 수 있습니까?”

복원 전문가가 영상을 멈추고 뒤로 돌렸다가 다시 재생시켰다. 목격자의 증언이 맞다면 주연이 서은을 향해 벽돌을 던졌으므로, 벽돌은 주연이 움직이기 전후로 떨어져야 했다. 하지만 영상 속에서 ‘벽돌’로 보이는 것이 바닥으로 떨어진 시점은 아무리 살펴보고 또 살펴봐도 주연이라 짐작되는 인물이 복도를 떠난 후, 또 다른 그림자가 다가오고 나서였다.

“이거 더 확대할 수 있습니까?”

“더 확대해 봤자 깨져서 식별이 어려울 텐데요.”

“괜찮으니까 한번 해 봐 주세요.”

신 형사의 심장이 빠르게 뛰었다.

주연이 떠난 후 다가온 저 그림자의 주인은 누구일까. 진짜로 벽돌을 떨어뜨려 서은을 죽음에 이르게 한 사람. 그리고 그 모든 것의 진실을 알고 있는 유일한 사람.

영상의 화질은 개선되었고, 느리게 돌려졌으며, 초 단위로 분석되었다. 최종 영상을 확인한 신 형사가 의자에 쓰러지듯 주저앉았다. 가슴속에 맺혀 신 형사를 내내 괴롭혔던 찝찝함이 해결되었다.

지주연은 범인이 아니었다.

뒤바뀐 수사 결과에 언론은 발칵 뒤집히는 듯 보였다. 용의자가 된 목격자는 발뺌을 했다. 목격자 진술이 얼마나 자신에게 힘든 일이었는지 토로했고, 죽은 친구를 위해 용기를 낸 일이 '범인'으로 오해받을 수도 있다는 걸 알았다면 자신은 절대로 '목격자 증언'을 하지 않았을 거라고 이야기했다. 이렇게 죄 없는 사람을 몰아가면, 대체 누가 목격자로 나설 수 있겠냐고 따져 묻기까지 했다.

"그럼 학생은 거짓으로 진술한 적이 없다는 거야?"

"네. 저는 거짓말한 적 없어요."

"다시 한번 기회를 줄게. 지주연이 1층에 있던 박서은을 향해 벽돌을 던졌고 그 장면을 학생이 직접 목격했다고 증언했어. 맞아?"

"몇 번을 이야기해요?"

"그럼 이 CCTV 영상은 어떻게 설명할 거야?"

"……CCTV 없다고 그랬는데."

"없었지. 근데 찾았어."

영상을 본 목격자의 입술이 파르르 떨렸다. 신 형사는 이제라도 목격자가 진실을 말해 줄 거라 기대했지만, 영상을 두세 번 반복해서 본 목격자의 대답은 뜻밖이었다.

"이게 저라는 증거 있어요? 다른 사람일 수도 있잖아요."

어쩌면 목격자였던 학생은 흐릿해서 정확히 분별 되지 않는 사람의 형상에 주목했는지도 몰랐다. 영상이 복원됐다는 사실을 알지 못했기에 주연인지 자신인지 아니면 또 다른 누군가인지, 흐릿한 영상으로는 교복을 입은 비슷한 느낌의 소녀를 정확히 판별하기 어렵다고 생각했는지도 모르겠다. 그도 아니면 거짓말로 사람들을 속여 주연을 범인으로 몰아갔을 때처럼, 이번에도 그렇게 거짓말로 빠져나갈 수 있을 거라고 생각했는지도 몰랐다.

"학교 교문 CCTV에 지주연이 밖으로 달려 나가는 모습이 찍혀 있어. 그걸 기준으로 잡으면 정확히 이 시각, 3층 복도 이 자리에 서 있는 사람은 지주연밖에 없어."

"말도 안 돼. 학교에 애들이 얼마나 많은데요. 다른 애들

한둘 더 있었는지 아닌지 어떻게 알아요?"

"학생이 증언했잖아. 그날 3층 복도에 지주연과 학생밖에 없었다고. 본인이 증언한 내용과 영상이 정확히 일치하고 있잖아. 벽돌이 떨어지는 시점만 제외하고."

"그치만…… 저 말고 다른 애가 있었을 수도 있고."

"이제 그만해. 다 끝났어."

"네?"

"무슨 말인지 모르겠어? 영상 복원부터 분석까지 이미 다 끝냈다고."

신 형사의 말에 목격자였던 용의자는 아이 시발, 하고 작게 욕설을 내뱉었다.

"일부러 그런 거 아니에요. 가방에 뭐가 툭 하고 부딪혔는데 그게 벽돌일 거라고는……. 처음에는 너무 무서워서 도망쳤어요. 서은이가 죽었을 줄은 정말로 몰랐어요. 죽었다는 걸 알고는 자수하려고 그랬어요. 그런데 경찰이 주연이를 데려가더라고요. 잘못됐다는 걸 알았어요. 말하려고도 했어요. 그랬는데…… 다들 주연이가 범인이라고 하니까……. 주연이가 서은이를 괴롭혔다고 하니까, 주연이가 벌을 받는 게 맞다고 생각했어요. 서은이도 실수로 그런 제가 벌을 받는 것보다 자기를 괴롭힌 주연이가 벌을 받는 게 덜 억울할 거라고 생각했어요. 형사님, 제발요. 형사님도 TV 보셨잖아요. 주연이가 서은이를 얼마나 괴롭혔는지, 형사님도 아시잖아요."

신 형사는 자기도 모르게 눈썹을 찌푸렸다. 자신이 무슨 잘못을 저질렀는지, 얼마나 무서운 일을 벌인 건지 깨닫지 못한 채 변명만 늘어놓는 용의자의 모습에 화가 났다.

"그게 말이 된다고 생각해? 학생이 한 위증 때문에 지주연 학생은 아무 죄도 없이 벌을 받고 있어. 알아?"

"……형사님."

용의자는 고개를 들어 신 형사를 가만히 바라보았다. 여전히 억울하고 여전히 분하다는 얼굴이었다.

"지주연한테 죄가 없다고 누가 그래요?"

"뭐?"

"지주연은 유죄예요. 제가 봤고 다른 사람들도 다 봤어요."

"이봐, 학생!"

"저는 실수로 서은이를 죽였지만, 지주연은 서서히 서은이를 죽여 갔어요. 주연이는 친구라는 이름으로 서은이를 괴롭혔어요. 서은이에게 수도 없이 수치를 주고, 친구들이 서은이를 미워할 수밖에 없도록 소문도 냈어요. 서은이는요, 주연이가 끔찍했을 거예요. 하루하루가 지옥 같았겠지만 별수 없이 참았을 거예요. 그날도 보세요. 주연이는 왜 벽돌을 들고 있었을까요? 친구를 향해 벽돌을 들었다는 게 말이 돼요? 그걸 친구라고 할 수 있어요? 애초에 주연이가 벽돌을 들고 있지만 않았어도 제 가방에 그게 부딪혀서 서은이가 죽는 일 같은 건 없었을 거예요. 저는 억울해요. 저는 단 한 번도 다른 사람을 괴롭혀 본 적도 없고 친구를 이용해 먹은 적도 없어요. 그냥 정말로 그날, 재수 없게 우연히 주연이를 봤을 뿐이고 궁금해서 아래를 내려다봤을 뿐이에요. 사고였잖아요. 우연이었잖아요. 그 모든 원인은 주연이가, 지주연이 만든 거잖아요! 그럼 제가 아니라 지주연이 벌을 받아야죠. 그게 정의잖아요, 그래야 되는 거잖아요!"

용의자의 말에 신 형사는 입술을 깨물어야 했다. 시뻘게진 눈으로 따져 묻는 용의자의 모습에 재판 날 증언을 한 뒤 하늘을 보며 웃던 섬뜩한 소녀의 모습이 겹쳐 보였다.

"잘못을 계속 저지른 사람이랑 우연히 실수로 잘못을 저지른 사람 중에 누가 더 죄가 크다고 생각하시는데요?"

"실수라고 해서 사람을 죽인 일이 가벼워지는 건 아니야. 게다가 너는 그 죄를 친구한테 덮어씌우려고 했어."

"그래서 결국…… 서은이를 괴롭힌 주연이는 아무 벌도

받지 않고 저만…… 딱 한 번 실수한 저만 벌을 받아야 하는 거예요? 왜 아무도 지주연은 벌주지 않는데요?”

신 형사는 용의자의 얼굴을 마주 보며 자리에서 일어났다. 그리고 분명하고 단호한 목소리로 말했다.

“그 어떤 이유도, 네 잘못의 핑계가 될 수는 없어.”

“……다른 사람들도 그렇게 생각할까요?”

용의자는 뭔가 더 할 말이 남은 듯 신 형사를 바라보았지만 더는 그 섬뜩한 얼굴을 바라볼 수도, 이야기를 들어줄 수도 없었다.

진범으로 검거된 학생에 대한 취재가 시작되었다. 자신의 죄를 숨긴 것도 모자라 그 죄를 다른 사람에게 뒤집어씌우려 위증까지 했으니, 화제가 되기 충분했다. 사람들은 혀를 찼고 손가락질을 서슴지 않았다. 하지만 비난은 그리 오래가지 않았다.

파면 팔수록 이런저런 말들이 나왔던 주연과 달리 새로운 용의자는 착실한 모범생이었다. 어떤 애들은 존재감이 딱히 없었다고 표현할 정도로 조용한 학생이었다. 꽤나 공부를 잘했고 누군가에게 미움을 사지도 않았다. 평범한 가정에 평범한 부모님이었다. 선생님들조차 말을 아꼈고 사람들의 호기심을 자극할 만한 것은 어떤 것도 없었다. 언론에서는 '어리기만 했던, 두려움에 차 있던 학생'이라는 기사를 내보냈다. 몇몇은 용의자에게 동정심마저 보였다.

"애가 그런 일 아니야, 애가. 사람이 살다 보면 실수를 할 수도 있지, 완벽한 사람이 어디 있어? 물론 해서는 안 되는 실수를 했지. 그래서 벌 받잖아. 어른들이 돼서 말이야, 자기네들은 얼마나 깨끗하다고. 다들 털어서 먼지 안 나는 놈 없으면서."

몇몇은 그래도 사람이 할 짓이 있지, 고등학생이면 세상 물정 다 아는 나이 아니냐고 했다.

"웃겨, 진짜. 초등학생이 했어도 벌 받고 욕먹을 일 아니냐? 근데 고등학생이, 그것도 다른 애한테 죄를 뒤집어씌우고. 그게 사람이 할 짓이야? 완전 사이코패스지."

또 다른 몇몇은 반성하는 척, 언론에 보도된 용의자의 말에 틀린 게 하나도 없다고 했다.

"걔 말이 맞긴 맞지. 지주연인가 뭔가 하는 애는 피해자를 엄청 괴롭혔다잖아. 실수 한 번 한 애랑 계속 괴롭힌 애랑 그게 죄질이 다르지 않냐?"

그리고 대부분의 사람들이 이 사건에 대해 '지겹다'라고 느꼈다.

"범인 잡았으면 끝났지, 뭘 온종일 떠들어 대. 어유, 이런 얘기 듣는 것도 지겨워 죽겠어, 아주. 뉴스에 할 얘기가 이것밖에 없나. 쯧."

그리고 나머지 사람들은 진범이 잡힌 사실조차 알지 못했다.

"뭐가? 그거 범인 예전에 잡히지 않았어? 범인이 따로 있었대? 대박이네. 야, 근데 점심은 뭐 먹냐. 두루치기, 짬뽕 지겨운데. 뭐 없나."

그렇게 이야기는 묻히기 시작했다. 사건은 하루에도 대여섯 번씩 뉴스에 오르내리다 점점 줄어들더니, 아주 간략한 한 줄 기사로 바뀌었다. 하나둘씩 사건 자체를 잊어 갔고, 사람들의 입에서는 학교에서 죽어 간 아이 대신 아이돌 스타의 열애설이, 잉꼬부부였던 배우의 파경 소식이 오르내렸다.

누구도 주연의 삶에 대해 생각하지 않았다. 가장 친한 친구를 잃고, 가족에게도 믿음을 받지 못한 채 버려지고 초라해진 작은 소녀 따위는 누구도 관심을 갖지 않았다. 그렇게 아무렇게나 욕을 받던 아이는, 누구도 자신을 믿어 주지 않는 세상 속에서 찢긴 채 오래된 꽃처럼 시들어 가고 있었다.

신 형사는 꽤나 오랫동안 괴로워했다. 마치 세상에 색깔이라고는 흑과 백 말고는 존재하지 않는다는 듯, 다른 어떤 것도 염두에 두지 않은 채 범인을 단정 지었던 지난날이 괴로웠다. 주연은 계속해서 자신이 한 짓이 아니라고 말했지만 신 형사는 그 말을 믿지 않았다. 주연을 둘러싼 이야기들이 밝혀질수록 주연이 범인이어야만 한다고 생각했는지도 모른다.

어쩌면 신 형사를 괴롭힌 건, 주연이 범인이 아닐 수 있다는 그 간단한 진실조차 믿지 않으려 한 자신이었는지도 몰랐다.

# 5

## 학부모

생각을 해 봐, 생각을.

내가 지주연 학생이 잘했고 못했고를 이야기하는 게 아니잖아, 지금. 우리 다 바쁜 사람들이야. 바빠 죽겠는데, 시간 쪼개고 쪼개서 1인 시위 하자는 말이 그냥 나왔겠냐구.

작년에 학교에서 애가 죽는 바람에 얼마나 난리가 났어, 응? 다들 알지? 우리 애도 밤새 잠이 안 온다질 않나, 공부가 안 된다질 않나, 난리도 그런 난리가 없었어. 이제 조금 괜찮아졌나 싶었는데 그 지주연 학생이 다시 등교를 하면 어떻게 되겠냐구.

교문 앞에 서서 시위하는 게 보통 일이겠어? 힘들어 죽지, 죽어. 내가 예전에 해 봐서 알잖아. 우리 시댁 재개발되는 거 때문에 나도 시위해 봤다니까. 아유, 있어. 뭐 하러 시위를 했겠어. 돈 더 달라고 하는 거지. 아무튼 그게 사람 할 짓이 못 돼. 그래도 어쩌겠어? 우리 학부모가 움직여야지. 학교 개판 되는 거 보고만 있을 거야? 그 피해자가 우리 애들인데?

학교 꼴 좀 봐. 이게 학교야? 학교가 좋은 일로 미디어에 노출돼도 좋을까 말까인데, 이건 뭐 난장판이 따로 없잖아. 이런 데서 자기들은 애들 학교 보내고 싶어? 여유 되는 집 애들은 벌써 다 전학 갔어. 우리도 마음 같아서는 열두 번도 더 이사 가고 전학 보냈지. 근데 그게 말이 쉽지, 어디 쉽게 되는 일이냐구.

그래도 1인 시위는 좀 심했다고? 아유, 자기 정말 몰라도 너무 모른다. 자기 애가 신입생이랬지?

요즘 애들은 옛날처럼 수능 공부만 딱 해서는 되지도 않아요. 애들 준비해야 할 게 얼마나 많다구. 오죽하면 고3 있는 집에서는 엄마 아빠가 숨도 마음대로 못 쉰다고 하겠어. 근데 그렇게 힘들게 공부하는 애들이 학교라고 가서 무슨 소리를 제일 많이 듣는 줄 알아?

학교 분위기가 이래서 애들이 무슨 공부를 하고, 무슨 마음을 편히 먹겠냐고. 이제 겨우 진정될까 말까인데 지주연, 그 학생이 다시 학교에 나오면 학교 개판 되는 거 시간문제라니까?

우리더러 이기적이니 어쩌니 해도 하는 수 없어. 자식 앞에서 이기적으로 변하지 않는 부모 있음 나와 보라고 해. 욕 한 번 들어도 내 자식한테 도움 되면 그만이야.

뭐, 뭐? 아니, 이 엄마 웃기네 아주. 내가 그 학생이 가해자인지 피해자인지 알 게 뭐야. 아닌 말로 무고든 말든. 그걸 얘기하는 게 아니잖아. 솔직히 지주연 그 학생한테 아무 죄도 없다고 누가 백 프로 확신할 수 있어?

경찰은 뭐 바보 등신이라서 아무 죄도 없는 애를 끌고 갔겠어? 방송에도 나왔잖아. 그 학생이 죽은 학생을 얼마나 괴롭혔는지. 사람들이 나와서 인터뷰하고 그런 거, 그게 다 없는 말을 지어서 했겠냐고. 그런 거면 지주연 학생 집에서 가만있었겠어? 아니니까, 그게 다 사실이니까 찍소리 한 번 못하고 가만있는 거 아니야. 그리고 요즘 언론사들이 얼마나 똑똑한데 없는 이야기를 지어내서 내보내겠냐고. 자기도 시간 나면 작년 방송 한번 찾아봐요.

뉴스 못 봤냐고? 무슨 뉴스를 말하는 거야. 뭐, 지주연 학생은 아무 잘못도 없고, 목격자로 증언했던 애가 진범이었다는 그 뉴스 말하는 거야?

어머 어머, 세상에. 이렇게 순진한 사람이 아직도 있네. 자기야, 뉴스에 전부 사실만 나온다고 생각하면 아주 곤란해. 그 뉴스를 어떻게 고스란히 믿어? 다 짜고 치는 고스톱인지 아닌지 누가 아냐고. 난 뉴스 안 본 지 한참 됐어. 뉴스 말고, 저기 유튜브 있어 유튜브. 그거 좀 찾아봐. 그 사람들 말이 훨씬 믿을 만하다니까. 솔직히 뉴스야, 그랬단다 찍 한마디 하면 끝나지만 유튜브는 상세 설명까지 얼마나 잘해 준다고.

뭐, 뭐? 유튜버를 믿는 사람이 있냐고? 어머, 자기 무슨 말을 그렇게 서운하게 해? 내가 믿는다, 내가! 구독자가 얼마나 많은 유튜버인데. 그 사람 기자 출신이야. 그놈의 뉴스보다 못 믿을 건 또 뭐야. 웃겨 정말.

그러고 보면 사람들도 진짜 못됐어. 줏대가 없다고 줏대가. 사람 뜨거운 물에 넣었다 차가운 물에 넣었다 장난하는 것도 아니고 말이야. 범인이랬다가 아니랬다가 아주 쌩난리를 쳐요.

아유, 난 모르겠고 아무튼 1인 시위 하는 걸로 해. 한 사람씩 돌아가면서 지주연 학생 학교 나오는 거 반대한다고, 응? 피켓 들고 침묵시위 하는 거야. 한 사람이라도 빠지기만 해, 정말.

# 6

## 주연

주연이 깊은숨을 내쉬었을 때, 엄마가 울먹이며 다가와 주연의 얼굴을 매만졌다.

"얼굴이 이게 뭐니? 머리도 푸석푸석하고. 몸은 왜 이리 말랐어? 도대체 안에서 사람을 어떻게 대했길래 애가 이 모양이 돼서 나와?"

엄마의 말에는 뚱뚱한 것도 보기 싫지만 너무 마른 것도 보기 싫다는 의미가 담겨 있는 것 같았다. 엄마는 언제나 사람들을 자신의 기준에 비추어 판단했다. 뚱뚱한 사람은 게으르다고 했고 깡마른 사람은 예민하다고 했다. 꾸미지 않은 사람은 예의가 없다고 했고 깔끔하지 않은 사람은 자기 관리를 못한다고 했다. 모든 것이 다 엄마의 기준으로 나뉘었다. 세상을 잃고 무너져 내린 딸에게조차 '보기 싫은 외모'를 지적하는 엄마에게 주연은 어떤 말도 하고 싶지 않았다.

"얼른 차에 타."

아빠는 사람들이 볼까 무서워하는 사람처럼 서둘러 주연을 차에 태웠다. 그러면서 계속 욕지거리를 내뱉었다. 마치 길을 가다가 마주친 하찮은 이에게 주먹질을 당하기라도 한 듯 분통하다는 말을 자꾸만 하면서.

차가 출발하자 누구도 입을 열지 않았다. 고생했어, 우리 딸 많이 힘들었지, 같은 말은 기대도 하지 않았다. 힘들지는 않았니, 아픈 곳은 없니, 그런 말을 의무적으로라도 할 줄 알았다. 하지만 엄마와 아빠는 주연을 데리러 오기 전 이미 한바탕 싸웠는지 단단히 화가 난 사람들처럼 말이 없었다.

다행이라는 생각이 들었다. 아무 말도 하고 싶지 않았으니까. 구름 한 점 없는 하늘이라는 게 이런 거구나. 창밖을 바라보며 그런 생각을 했다. 이상한 건, 슬프지도 화가 나지도 않는다는 거였다. 마치 주연의 몸에서 감정이라는 것이 모두 빠져나간 것만 같았다.

"이민 갈 거야. 우선 캐나다나 호주 쪽 생각하고 있어.

요즘은 어딜 가나 한인이 많아서 최대한 우리나라 사람들 없는 조용한 동네로 갈 생각이야. 그게 너한테도 좋을 거고……."

침묵을 깬 엄마의 말을 도저히 들어 줄 수 없다는 듯 아빠가 말을 가로챘다.

"아까 다 끝난 얘기는 뭐 하러 해? 이민은 안 된다고 했잖아. 회사는 어쩌고 이민을 가? 회사 포기하고 당장 이민을 간다고 쳐. 그럼 뭐 먹고살 건데? 당신 돈 없이 살 수나 있어?"

"그럼 당신은 여기 남아요. 나랑 주연이만……."

"안 된다고 몇 번을 말해! 내가 은행이야? 뼈 빠지게 일해서 돈만 갖다 바치게? 둘만 가려거든, 생활비 받을 생각하지 말고 가."

"당신 정말 이렇게까지 할 거예요?"

"내가 틀린 말 했어? 주연이 죄 없는 걸로 판정 났고, 그래서 풀려났어. 우리가 왜 죄지은 사람처럼 도망을 가야 하는데."

주연 아빠는 주연의 얼굴과 신상이 모두 인터넷에 돌아다닌다는 말은 하지 않기로 했다. 아직 아내와 주연은 그 사실을 모르는 듯했고, 알아서 좋을 게 하나 없었으니까.

아빠는 주연의 신상 정보를 공개한 유튜버와 주연에 대해 악의적인 글을 써 대는 사람들을 고소할 생각이었다.

사실 주연 아빠도 이민을 생각하지 않은 건 아니었다. 주연은 공부를 잘하는 똑똑한 아이였으니, 외국에서 편하게 공부해도 좋을 것 같았다. 하지만 유튜브로 얼굴이 공개됐으니 아무 소용이 없었다. 이대로 떠난다면 아무 죄도 없이 공개 수배 당한 이처럼 숨어 다녀야 할 판이었다.

하나뿐인 딸과 그 가족들이 왜 그런 일을 겪어야 한단 말인가? 그럴 수는 없었다. 게다가…….

“지주연은 풀려날 겁니다. 중요한 건 그다음이에요. 지주연이 다른 나라로 도망을 간다? 그러면 뭐가 켕기는 게 있다는 뜻이거든요. 막말로 아무 죄도 없이 억울하게 잡혀 있었다면 왜 도망을 갑니까? 안 그래요? 한번 지켜보자고요. 우리 구독자님들 중에 지주연 학교 아시는 분들 많죠? 지주연이 학교 나오는지도 잘 살펴보시고, 지주연 아파트, 네. 제가 지난번에 공개했습니다. 그 아파트에 지주연이 출몰하는지도 잘 지켜보자고요. 제가 이렇게까지 집착하는 이유는 한 가지입니다. 죄를 지은 년이, 친구를 죽이고도 당당하게 사는 꼴은 죽어도 못 본다 이겁니다. 예, 죽은 피해자 생각만 하면 진짜 가슴이 너무 아픕니다. 돈 많다고 죄가 없어지는 거 아니거든요. 경찰과 지주연 아버지의 비리 관계까지 확실하게 파헤칠 겁니다. 저는 끝까지 가겠습니다! 구독자 여러분 힘을 보태 주세요."

망할 유튜버인지 뭔지 하는 인간이 잊혀 가는 사건을 더 자극적으로 편집해 올렸다. 영상을 본 사람들은 얼굴을 숨긴 채 차마 입에 담을 수 없는 비방을 딸아이에게 쏟아붓고 있었다.

마치 누군가를 미워해야 하는데, 그 타깃이 주연이 된 것만 같았다. 마녀라고 지목된 사람은 무슨 수를 써서라도 죽이듯, 죽이고 싶은 아이라고 낙인찍힌 주연을 끝끝내 끝내고야 말겠다는 듯이.

꼭 유학이나 이민을 가야 한다면 그 사람들을 모조리 처벌하고 주연이 당당하게 다니는 모습을 보여 준 뒤에, 그 뒤에 가도 늦지 않을 터였다.

"당신은 여기서 살 수 있어요? 주연이 학교도 다녀야 하는데 다시 그 학교에 가라는 거예요?"

"입은 삐뚤어져도 말은 바로 해. 여기서 못 살 것 같은 건 주연이가 아니라 당신이지. 사람들 입에 오르내리는 거 불편해서 그런 거 아니야."

"뭐라고요? 당신 지금 말 다 했어요?"

“학교도 당연히 다시 가야지. 못 갈 게 뭐가 있어? 엄마라는 사람이 말이야, 딸을 어떻게 제대로 이끌까 생각을 해야지. 그저 도망가기 급급해서는. 당신이 그러고도 엄마야?”

“여보!”

언제 침묵이 찾아오기나 했냐는 듯 고성이 오갔다. 엄마 아빠가 서로를 탓하며 싸우는 동안, 주연은 그저 이 차에서 벗어나고 싶다는 생각을 했다. 그뿐이었다. 그저 생각을 했을 뿐인데, 이미 주연의 손은 차 문으로 향하고 있었다.

삐삐삐삐삐삐삑.

“어머, 어머, 주연아!”

경고음이 사방을 뒤덮었을 때 엄마가 소리를 질렀다. 아빠가 급히 브레이크를 밟은 뒤에야 주연은 자신이 달리는 차 문을 열었다는 사실을 깨달았다.

# 7

## 같은 학교 친구

아이 씨. 짜증 나, 진짜. 내가 뭘 그렇게 잘못했냐고.

솔직히 지주연 신상 턴 건 유튜버잖아. 나는 그냥 내가 아는 거 올린 죄밖에 없다니까? 사실 그대로를 올린 게 왜 죄냐고. 아, 몰라. 지주연 아빠가 지금 인터넷에 글 올린 사람들 다 고소한다고 찾아다니고 있대. 어제 변호사인지 뭔지 하는 사람한테 전화도 왔다니까.

내가 학생이라고 하니까 반성문 써서 오늘까지 내래. 안 그러면 내일 엄마 아빠한테 전화 싹 돌릴 거라고. 학생이라고 안 봐준다면서. 아, 졸라 어이 상실이네. 뭘 잘못한 게 있어야 반성문을 쓰든 말든 할 거 아니야. 그냥 잘못했습니다, 다시는 함부로 말하지 않겠습니다, 그렇게 딱 두 줄 쓰고 나니까 쓸 게 하나도 없더라.

왜, 지주연 용의자로 잡혀갔을 때 한참 방송 나왔었잖아. 변호사가 그러는데 그때 인터뷰했던 사람들 중에 지주연 악의적으로 비방한 사람들도 다 찾고 있다고 하던데. 아, 몰라 몰라. 나 진짜 큰일 났다니까.

진짜? 옆 반 임수아는 그때 인터뷰한 거 쌤한테 걸렸대? 어쩐지. 그때 방송 나오는 거 보니까 인터뷰한 애들 신발만 나오고 목소리 변조에 모자이크 다 됐는데도 누군지 대충 알겠더라. 나도 아는데 쌤들이라고 모르겠냐. 근데 쌤들도 인터뷰하지 않았냐? 그때 교감 쌤이 막 지주연 감싸듯이 인터뷰했잖아. 뭐라고 그랬더라. 가난은 선이고 부는 악입니까? 이랬나. 교감 쌤 뭐 대단히 아는 거 있는 것처럼 인터뷰한 것도 진짜 웃기지 않냐. 그냥 지주연 엄마 아빠 무서워서 그런 거였으면서.

너네 몰랐어? 지주연 엄마 입바람 엄청 쎄. 쌤들이 지주연 공부 잘한다고 봐줬겠냐? 입바람도 쎄고 치맛바람도 쎄고, 잘못 건드리면 시끄러워지니까 그냥 봐준 거지.

잘못은 지주연이 했는데 누구더러 반성문을 쓰라는 건지 모르겠네. 여기, 지주연이 박서은 괴롭힌 거 모르는 사람 있어? 박서은 엄마는 왜 지주연 고소 안 하냐? 막말로 박서은이 다른 애 때문에 죽은 거라고 해도, 이미 박서은 명예는 지주연이 실추시키지 않았냐?

지주연이 박서은 몸 함부로 굴린다고 소문까지 냈잖아. 데이트하게 돈 달라고 하고, 맨날 자기한테 빌붙어서 빨아먹는다고 얼마나 욕을 했냐고. 좋게 생각하던 애들까지 박서은 이름만 들어도 정 싹 털리게 만든 게 누군데. 그거 인격 살인 아니냐? TV 보니까 뭐, 박서은 남친은 그런 적도 없다고 그러고. 우리 다 완전 지주연이 짜 놓은 판에 놀아난 거드만.

야, 이거 말하면 할수록 지주연 완전 희대의 쌍년이네. 그래 놓고 친구? 사람 병신 만들어 놓고 이제 와서 무슨 친구? 자기는 무슨 순결무구한 척 쩌네 진짜. 아, 나도 그냥 확 변호사 선임해 버릴까. 죄는 지주연한테 있다고 맞고소해?

아이, 말이 그렇다고. 내가 돈이 어디 있냐? 그리고 그러면 뭐, 우리 엄마 아빠가 가만있겠냐? 적어도 내 목 두 번은 날아가고 나야 변호사 구하지 싶다.

아, 미치겠네. 우리 엄마 아빠 알면 나 진짜 죽는단 말이야.

근데 너네 진짜 연락 안 왔어? 왜 너네는 연락 안 오고 나한테만 전화 와서 난리야. 내가 뭘 어쨌다고.

뭐? 너네는 인스타에 글 올린 거 다 내렸다고? 언제 내렸는데? 내릴 거면 나한테도 말을 해 줬어야 할 거 아니야. 니

들만 내리면 다냐?

야, 웃기지 마. 그 뒤로는 나도 지주연 욕은 안 올렸거든. 그냥 인스타에 박서은 불쌍하다고 올렸지. 그게 나쁜 거야? 불쌍한 건 사실이잖아. 그리고 솔직히 너네도 동조했잖아. 그때 좋아요 누른 거 알고 있거든?

아, 몰라 몰라. 됐고, 나 반성문 쓰는 것만 좀 도와주라. 아 제발!

# 8

## 주연의 엄마

“괜히 쓸데없이 나갈 생각 하지 말고, 주연이 잘 살펴봐. 초인종 눌러도 문 열어 주지 말고.”

주연 아빠가 신경질적으로 겉옷을 벗으며 말했다. 주연 엄마는 문을 열어 주지 말라는 말에 화들짝 놀랐다. 매일같이 찾아오던 기자들과 유튜버들 때문에 하루도 편한 날이 없던 지난날이 떠올랐다. 다시 그런 생활을 해야 한다니 생각만으로도 진저리가 났다.

“또 무슨 일 있어요?”

“방송국 피디인가 뭔가 하는 사람이 회사로 연락을 해 왔어.”

피디라는 말에 주연 엄마는 심장이 쿵 내려앉는 것 같

았다. 방송 때문에 주연이 얼마나 억울해졌는지. 얌전히 학교를 다니던 모범생 주연이 한순간에 악마가 되던 그날을 어찌 잊을 수 있을까.

"방송국이고 나발이고 한 번만 더 그런 소리 나오면 나도 가만있지는 않을 거니까, 당신도 당분간 나가지 말고 집에만 있어."

감옥이 따로 없었다. 집 밖으로 나가면 사람들의 따가운 시선이 느껴졌다. 반갑게 인사하던 이웃들도 이제는 서로 눈치만 보며 말 걸기를 꺼려 했다. 이런 곳에서 더는 하루도 살고 싶지 않았다.

"주연이 집에 오고 나서부터 한 마디도 안 하는 거 알아요?"

"무슨 뜻이야?"

"말을 안 한다고요, 말을. 못 하는 건지 안 하는 건지, 애가 충격이 너무 커서 그러는 건지 아무 말도 안 한다고요."

"시간 조금 더 지나면 괜찮아질 거니까 주연이 옆에서 잘 보살펴."

"시간이면 다 해결되는 줄 알아요? 나라도 여기서 못 살아. 그러니까 그냥 주연이랑 나가 살게 해 줘요."

"또 쓸데없는 소리. 그 얘기 한 번만 더 꺼내면 그날은

이혼 도장 찍는 날인 줄 알아."

주연 엄마는 주연과 함께 외국으로 떠날 생각이었다. 유학이어도 좋고 이민이어도 좋았다. 뭐가 됐든 여기서 멀리, 아무도 주연을 모르는 곳으로 가야 했다. 그 길만이 주연을 다시 본래의 주연으로 살게 하는 방법이라 여겼다.

하지만 주연 아빠의 생각은 달랐다. 지금 주연이 외국으로 떠나면 사람들은 주연을 믿지 않을 거라 여겼다. 도망가는 건 죄를 지은 사람이나 하는 일이었다. 주연은 오히려 억울하게 잡혀 있었으니 절대로 도망치는 듯한 인상을 남길 수 없었다. 이럴 때일수록 더 당당해져야 했다. 지금은 힘들지 몰라도 결국엔 다 지나갈 일이었다. 그래야만 일상을 되찾을 수 있을 터였고, 그래야만 자신의 가족과 평생을 일궈 온 회사도 지킬 수 있을 터였다.

"회사 때문에 그래요?"

"뭐?"

"그 잘난 회사 때문에 그러는 거냐고요. 밖에 나가면 주연이 욕하고 손가락질하는 사람들밖에 없어요. 그런 사람들 사이에서 우리 주연이더러 버티라고 하는 게 말이 된다고 생각해요?"

주연 엄마가 회사 일에 목소리를 높인 적은 한 번도 없었다. 그 어떤 일이 있어도 회사 일이라면 잠자코 있던 사람이었다. 회사가 잘되어야 원하는 삶을 유지할 수 있다는 것을 주연 엄마 스스로도 알고 있었으니까.

"솔직히 말해 봐요. 당신은 주연이보다 회사가 더 소중하죠? 주연이는 어떻게 되든 말든 상관도 없는 거냐고 묻잖아요!"

"그러는 당신이야말로 말해 봐. 정말 주연이 때문에 떠나고 싶은 거야?"

"무슨 뜻이에요?"

"몰라서 물어? 당신 잘난 체하고 살아야 하는데, 주연이 때문에 못 하니까 떠나고 싶은 거 아니냐고."

"그걸 말이라고……."

주연 엄마는 치가 떨렸다. 무뚝뚝하지만 책임감이 강한 남자였다. 가족과 회사를 목숨만큼 소중히 여기던 남자였다. 평생을 믿고 살 수 있는 사람인 줄 알았다. 하지만 지금 자신 앞에 있는 건 자식과 아내 따위는 안중에도 없는 이기적이고 야심 가득한 남자일 뿐이었다. 어째서 저런 모습을 알아차리지 못했을까. 어째서 저런 사람을 평생 믿고 살 생각을 했을까. 주연 엄마는 자신 앞에 있는 이 남자를 사랑하기는커녕, 경멸하고 있었다.

"당신 마음대로 해. 외국 나가고 싶으면 나가. 대신, 이 집에서 나갈 거면 이혼 도장 찍고 나가. 내가 번 돈은 한 푼도 못 주니까 그런 줄 알고."

"뭐라고요?"

"왜. 당신 주연이 때문에 나가고 싶은 거라며. 그럼 돈 없어도 되잖아. 주연이 위해서, 한 푼도 없이 나가 살아 봐. 할 수 있으면."

"아악!"

주연 엄마가 머리를 움켜쥐며 소리를 질렀고, 주연 아빠는 아무 소리도 들리지 않는다는 듯 책상에 앉아 컴퓨터를 켰다. 아내의 고통 따위는 아무것도 아니라는 듯, 언제나처럼 중요한 건 책상 위에 있다는 듯이.

그 모습에 주연 엄마는 입 밖으로 나오는 대로 아무 말이나 내뱉었고 주연 아빠 역시 고함으로 맞받아쳤다.

주연은 침대 위에 웅크리고 앉아 초조하게 손톱 옆 살점을 뜯어내고 있었다. 뜯긴 살점에서 피가 새어 나왔지만 조금도 아프지 않았다. 한 뼘 정도 열려 있는 방문 틈으로 흘러 들어오는 엄마 아빠의 고함 소리가 주연의 몸을 휘청이게 만들었다.

어디서부터 잘못된 걸까.

모든 게 사실대로 밝혀지고 주연이 풀려났지만 달라진 건 아무것도 없었다. 서은이 죽지 않았더라면 아무 일도 없었을까. 아니, 주연이 서은을 괴롭히지 않았다면 괜찮았을까. 그랬다면 서은을 죽인 범인으로 주연이 지목되는 일은 없었을까.

그런데 내가 정말로 서은이를 괴롭혔나?

서은이를 가장 소중한 친구라 생각했는데, 아니었던가. 서은이가 좋았는데, 그랬는데 왜 내가 서은이를 힘들게 했던 거지. 왜 그랬지? 사람들 말처럼 내가 악마 같은 애라서, 그래서 그랬던 걸까.

맞아. 사람들 말처럼 나는 잔인하고 지독한 애인 거야. 악독하고 가혹한 년, 죽어 마땅한 아이. 나는 애초에 태어나면 안 되는 그런 애였어. 내가 태어나지 않았더라면, 그랬더라면 아무 일도 일어나지 않았을 텐데…….

주연의 생각은 꼬리를 물다 자신이 '태어나지 않았더라면'으로 이어졌고, 그러자 이 세상에 홀로 고립되어 있는 것처럼 느껴졌다. 외롭고 무서웠다. 이렇게 더는 살고 싶지 않다는 생각이 스쳤다. 자신만 사라지면 다 해결될 것만 같았다. 모든 게 편안해지고 원래대로 돌아갈 거라고. 생각이 거기까지 미쳤을 무렵, 주연은 어느새 자신을 바라보고 있는 서은을 발견하게 되었다.

"……왜 이제 와?"

끝이 갈라져 힘없는 목소리가 새어 나왔다. 서은이 멀찍이 서서 자신을 바라보고 있는 것만으로도 주연에게 위안이 되었다. 여전히 스스로가 미웠지만 서은이 곁에 있는 이상 외롭지는 않았다.

"나 무서워."

경찰은 주연을 범인으로 지목했을 때처럼 갑작스럽게 주연이 범인이 아니라고 했다. 주연은 여전히 서은이 살아 있던 마지막 순간이 기억나지 않았고, 그래서 모든 게 혼란스러웠다.

어느 날 주연에게 서은을 죽였냐고 몰아붙이던 사람들이, 어느 날은 주연이 서은을 죽인 게 아니라고 했다. 주연은 무엇이 어떻게 되어 가고 있는지 알 수 없었다. 절대로 자신이 죽이지 않았다고 할 때는 '맞다'라고 했던 이들이, 어쩌면 자신이 서은을 죽였을지도 모르겠다고 말하자 '아니'라고 했다. 어떤 게 맞고 어떤 게 그른지 주연은 이제 아무것도 알 수 없었다.

"나는…… 이제 어떻게 해야 돼?"

서은은 아무 대답도 하지 않았다. 언제나처럼 그 의미를 알 수 없는 눈빛으로 주연을 물끄러미 바라보기만 했다. 주연은 서은이 자신을 찾아오는 게 좋으면서도 원망스러웠다.

서은은 죽었다. 그런데 어째서 자꾸만 주연을 찾아오는 걸까.

"왜 자꾸 그런 눈으로 보는데. 하고 싶은 말이 있으면 해."

"……."

"말을 하라고, 말을! 사람 미치게 하지 말고."

서은이 그렇게 가만히 주연을 바라볼 때마다 주연은 눈물이 터져 나오려고 했다.

"제발, 제발 나 좀 그냥 내버려 둬."

주연의 목소리가 들리자 주연 엄마는 무슨 일인가 싶어 서둘러 주연의 방으로 달려왔다. 말을 잃은 것처럼 입을 닫고 있던 아이가 드디어 말을 한다는 사실에 걱정과 안도가 동시에 밀려왔던 것 같기도 하다. 하지만 딸이 무슨 말을 하는지, 혹시 엄마를 찾는 건 아닌지 하는 걱정과 함께 달려온 엄마는 가슴을 부여잡고 입을 틀어막은 채 주저앉고 말았다.

주연이 말을 하고 있었다.

홀로, 누군가와 대화를 나누듯이.

두려웠다. 정말로 뭔가가 있다는 듯 혼잣말을 하고 무언가와 눈을 맞추는 주연이. 문틈으로 보이는 그런 딸의 모습에 주연 엄마는 정말로 모든 게 무서워지려 했다.

# 9

## 아파트 주민

아유, 몰라 정말.

그러니까. 주연 엄마 그렇게 안 봤는데 정말 악착같이 버틴다. 어디 외국이라도 나가든지, 상황이 여의찮으면 지방이라도 내려가든지. 하여간 무슨 수를 써야지 무작정 버티는 게 능사냐고.

지금 저 집 하나 때문에 우리 아파트 이미지 난리도 아니잖아. 이 아파트 사는 사람들 싸그리 도덕적으로 개념 없는 사람들 됐다니까. 집값 떨어지면 책임지나 몰라. 이거, 아파트 측에서 나가 달라고 요청이라도 해야 하는 거 아니야?

난 솔직히 좀 잘됐다 싶어. 평소에 얼마나 잘난 척을 하고 다녔어 그래. 딸한테 명품만 입혔잖아, 명품. 세상에 학생이 무슨 명품이야. 얘기 들어 보니까 딸내미 요만할 때부터 명품에 돈지랄 엄청 하고 다녔다던데 뭘. 웃기지도 않아 정말.

얼마 전에 엘리베이터에서 마주쳤는데 글쎄 고개만 까딱하는 거 있지. 어우, 나는 좀 무섭더라.

그렇게 고개 빳빳하게 들고 다닐 상황은 아니잖아? 결론이 어떻게 났든 문제가 있는 건 사실이잖아. 상식적으로 아무 문제도 없는 애가 경찰서에 드나들 일이 있겠냔 말이야. 그리고 애가 평소 행실이 어땠길래 주변 사람들이 죄다 하나같이 걔가 친구를 괴롭혔다는 둥, 노예처럼 부렸다는 둥, 그런 말을 하냐고. 학원 선생님부터 학교 선생님들까지 주연이 불쌍하다고 하는 사람이 어디 있기나 했어?

안 그래도 그 방송 때문에 내가 아주 식겁을 했어. 이놈의 자식이 하라는 공부는 안 하고 거기 나와서 인터뷰를 하고 있잖아. 아무렴 내가 엄마인데 목소리 변조 좀 한다고 못 알아보겠어? 내가 부끄러워서 정말. 인터뷰를 할 거면 말이나 곱게 하든가. 하여간 그놈의 욕 좀 줄이라고 그렇게 말을 했는데, 말을 안 들어. 방송에서 삐 처리가 몇 번이나 됐나 몰라. 으유, 이놈의 자식 정말. 방송 보고 내가 등짝을 후려쳤다니까, 등짝을.

그때는 나도 진실을 잘 모르고 하니까 우리 아들더러 조용히 있으라고 했지. 괜히 나대다가 집값 떨어지면 안 되잖아.

그러니까. 세상에, 나는 그 방송 보는데 막 소름이 돋더라니까. 사람이 정말 겉모습만 보고는 몰라. 주연이 예쁘장하게 생겨서 싹싹하니 공부도 잘했잖아. 안 그래?

# 10

## 학교

교문에 들어설 때, 주연은 마치 다른 시공간으로 이동하기라도 한 듯 서늘한 기운에 몸을 부르르 떨어야 했다. 늘 다니던 학교였는데 이제 주연에게 학교는 자신이 와서는 안 되는 장소인 것만 같았다.

주연이 복도에 들어서자 아이들은 마치 주연의 몸에 병균이라도 득실거린다는 듯 비켜났다.

모든 게 원래대로 돌아가야 했지만 아무것도 나아진 것은 없었다. 멍하니 하루를 보내는 주연에게 주연 아빠는 굳은 목소리로 말했다.

"등교 준비해라. 학생이 당연히 학교에 가야지. 넌 아무 잘못 없이 억울하게 갇혀 있었던 사람이야. 눈치 볼 거 하나 없다. 헛소리 지껄이는 놈들도 신경 쓸 거 없어."

처음엔 학교에 갈 수 있을지조차 확신이 서지 않았다. 서은과 함께한 곳이었고 동시에 서은이 죽은 곳이었다. 이름과 얼굴이 모자이크된 이들이 주연이 서은을 괴롭혔다 증언한 곳이었고, 서은의 죽음을 심심풀이 껌이라도 되는 듯 질겅질겅 씹어 대던 곳이었다. 그런 곳에 다시 아무렇지도 않은 듯 다닐 수 있을지 의심스러웠다. 하지만 아빠가 그래야 한다고 했으므로 주연은 해야만 했다.

이른 새벽에 눈을 뜬 주연은 두 시간이 넘도록 책상에 앉아 날이 밝길 기다려 등교를 했다.

"와, 진심 에바다. 진짜 여길 오네."

복도를 지나 교실로 들어가기 직전 누군가의 목소리가 주연의 귀에 꽂혔다. 친구끼리 속삭이는 소리가 아니라, 부러 주연의 귀에 닿게 하려 큰 소리로 낸 말이었다. 고개를 돌려 주변을 둘러보았지만 누가 한 말인지 알 수 없었다. 여러 명의 아이들이 자신을 지켜보다 서둘러 눈을 피하는 모습이 꼭 음식물 쓰레기를 찾으며 앵앵 몰려다니는 날파리 떼처럼 느껴져 역겨웠다. 주연은 토하지 않기 위해서 이를 악물고 버텼다.

"너, 나 기억하지?"

혼자 밥을 먹는 주연에게 그림자 하나가 다가오더니 그 앞에 우뚝 섰다. 마치 더는 밥을 먹을 수 없다는 신호인 것만 같았다. 주연은 숟가락을 내려놓으며 고개를 들었다. 이렇게 시비를 거는 애들이 한두 명이 아니었으니까.

처음에는 당황스러웠다. 예전에는 눈 한 번 제대로 마주치지 못하던 애들이, 주연과 친해지고 싶어 온갖 아부를 떨던 애들이 이제는 주연이 제 발아래 있다는 듯 굴었다.

어깨를 움츠렸던 것 같기도 했다. 몇 번은 무시해 보다가, 몇 번은 시비를 고스란히 들어 주기도 했다. 하지만 주연은 자신이 그러면 그럴수록 상황이 더 나빠지리라는 걸 알고 있었다.

"지주연! 버티는 거다. 죽을힘으로 버텨. 네가 도망가면 사람들은 더 욕할 거다. 네가 당당하다는 걸 보여 줘야 해. 알겠니? 사람들이 너한테 손가락질을 하면, 아무도 손가락질할 수 없는 위치까지 올라가면 돼. 이 꽉 깨물고 보란 듯이 해내는 거다."

아빠 말이 맞았다. 사람은 언제나 악독했다. 누군가를 아래에 두고 싶어 했고 기회만 된다면 그들을 밟고 올라서고 싶어 했다. 아니다. 아빠 말이 틀렸다. 주연은 한 번도 그들보다 위에 있던 적이 없었다. 누군가 다른 사람보다 우위에 있다고 말한다면 그건 언제나 틀린 말이었다. 인간은 누구도 우위에 있지 않음에도 서로가 우위에 서고 싶어 했다. 그 때문에 싸움이 나고 불화가 생겨나며 전쟁이 시작되었다. 그리고 지금 주연의 삶에도 전쟁이 일어나려 하고 있었다.

"나 기억 안 나? 왜 말이 없어."

"안 나는데."

"이야, 인간쓰레기를 여기서 보네. 니가 나한테 한 짓이 기억이 안 나?"

몹시 못마땅한 표정이었지만 주연은 기억나지 않았다.

"내가 너한테 뭘 했는데?"

"하긴 기억이 안 나기도 하겠다. 사람 개무시하는 게 습관이고 일상이었을 텐데."

싸움을 걸기 위해 시동을 거는 듯한 말투에 주연은 지치기 시작했다. 이미 주연의 마음은 한 번의 휴전도 없이 계속해서 싸우고 있었으니까.

"그래서 하고 싶은 말이 뭔데."

"사과."

주연이 눈썹을 찌푸리자 여자아이의 얼굴은 어쩐지 신이 나 보였다.

"너한테 사과를 좀 받아 보려고. 불쌍한 서은이는 사과 한 번 못 받고 죽었지만, 더는 그런 피해자가 있으면 안 되잖아?"

주연의 눈에 힘이 들어가고 앙다문 입술이 굳어 갔다. 다들 대단한 착각을 하고 있었다. 주연이 저들을 두려워한다고 생각하기라도 한 걸까. 주연이 입을 다물고 있었던 건, 오로지 서은 때문이었다. 어디에나 있으면서, 어디에도 존재하지 않는 서은 때문에.

서은은 교문 앞에, 학교 복도에, 교실 뒤에 그리고 창가에 우두커니 서 있었다. 그렇게 서은이 나타날 때마다 주연은 아무 말도 할 수 없었다. 목구멍이 막히고 숨이 가빠 왔다.

심장이 뛰는 게 너무도 당연해서 누구도 고맙다고 여기지 않는 것처럼, 주연은 서은이 자신 곁에 있는 게 당연하다고 여겼다. 그래서 소중하게 여기지도, 고마워하지도 않았다.

자신의 말이면 뭐든 다 해 주려던 서은을, 신경질 부리며 아무리 막무가내로 굴어도 얼굴 한 번 찌푸리지 않던 서은을, 기쁜 일에 어느 누구보다 기뻐해 주던 서은을, 외롭다고 말하면 언제고 달려와 주던 서은을, 평생 한 번 만나기도 어려울 그런 친구를 만났으면서도 당연하게 여겼다. 그럼으로 상처를 주었다.

그래서는 안 되는 거였는데, 정말로 그래서는 안 되는 거였는데…….

주연은 습관처럼 고개를 돌려 서은을 찾았다. 서은은 마치 기다렸던 것처럼 기둥 옆에서 주연을 바라보고 있었다. 주연은 자신도 모르게 서은 곁으로 가고 싶다는 생각을 했다. 이 세상에서 사라지는 게 존재하는 것보다 편할 것 같다는 생각을 하면서.

서은아. 거긴 어때?

넋을 놓고 멍하니 서은을 바라보던 주연의 어깨를 여자아이가 툭툭 치며 짜증스럽게 물었다.

"야, 내 말 안 들려?"

그때였다. 서은의 입술이 달싹이더니 무어라 작게 속삭이기 시작했다. 멍하니 있던 주연은 눈에 힘을 주고 조금씩 움직이는 서은의 입술에 집중했다.

"사람 개무시하네, 진짜. 야, 지주연. 너 지금 불쌍한 척하냐? 네가 아무리 그래도 여기 너 불쌍하게 생각하는 사람 한 명도 없어. 살인자면 살인자답게 감옥에 짱박혀 있어. 학교 나와서 평범하게 살 생각 하지 말고. 어디서 신분세탁을 하려고."

화를 내야 했다. 화를 낼 수 없다면 최소한 자리라도 떠야 했다. 하지만 주연의 귀에는 어떤 말도 와닿지 못했다. 주연의 신경은 오로지 서은이 무슨 말을 하고 있는지에만 쏠려 있었다.

시도 때도 없이 나타나 주연 곁을 맴돌던 서은이었다. 무슨 의미인지 알 수 없는 얼굴로, 원망인지 분노인지 그도 아니면 동정인지 감히 짐작조차 할 수 없는 얼굴로 주연을 바라보기만 하던 서은이었다. 그런 서은이 처음으로 무어라 말을 하고 있는 거였다. 주연은 서은이 꺼낸 첫마디가 무엇일지 궁금했다. 하지만 다음, 여자아이의 말이 이어지는 순간 서은은 입을 닫고 기둥 뒤로 숨어 버렸다.

"와, 어이가 없어서. 살인자 주제에 사람 말까지 무시하네. 죽은 박서은만 불쌍하지."

"방금 뭐라고 그랬어?"

주연이 의자를 밀고 자리에서 일어나 함부로 서은의 죽음을 입에 올리는 아이를 똑바로 바라보았다. 사과를 받으러 왔다던 아이는, 입가에 비웃음을 머금고 있었지만 심장이 빠르게 뛰는 것을 느꼈다.

"뭐, 뭐. 넌 죄인이잖아. 범죄자고. 그런 새끼들이 뻔뻔하게 아무 벌도 안 받고 돌아오면 사회가 얼마나 썩어 문드러지겠냐. 왜, 내가 틀린 말 했어? 너 살인자잖아. 돈 많아서 풀려난다고 죄까지 없어지는 건 아니거든."

모두가 주연의 무죄를 인정하지 않는 것 같았다. 죄가 없으면 왜 경찰에 끌려갔겠냐는 말부터 시작해서 주연 아빠가 힘을 써 나왔을 뿐 죄는 여전히 주연에게 있다고 했다. 누군가는 주연에게 "그렇게 살다가 천벌 받을 것."이라고 했고, 누군가는 노골적으로 "누군 좋겠네, 잘난 아빠 덕분에 사람 죽여도 벌도 안 받고."라고 했다.

누구도 서은을 죽인 진짜 범인이 주연을 범인으로 몰고 간 목격자라는 사실을 입에 올리지 않았다. 누구도 가장 절친한 친구를 잃고 폐허가 된 주연을 걱정하지 않았다. 주연은 그저 여전히 죽이고 싶을 만큼 나쁜 아이, 죄를 받아야 마땅한 아이, 그뿐이었다.

"누가 그래, 내가 살인자라고?"

"네가 진짜 서은이를 죽이지 않았다고 해도 달라지는 건 아무것도 없어. 네가 박서은한테 한 짓 나 다 봤어. 내가 증인이고 여기 있는 애들이 증인이야."

서은에게 한 짓.

그 말이 주연의 목구멍에 탁, 걸려서 아무 말도 할 수 없게 만들었다. 그리고 그런 주연의 시선 끝으로 언제나처럼 서은이 다시 나타났다.

"그래서…… 너도 나한테 사과받으러 왔어? 말을 할 거면 똑바로 해. 들어 줄 테니까. 네가 하고 싶은 말이 뭔데. 하려던 얘기가 뭐였냐고."

주연의 말에 앞에 있던 여자아이의 얼굴이 구겨졌다. 주연이 자신이 아닌 다른 곳을 보며 말을 하고 있었기 때문이다. 게다가 주연의 시선 끝에는 그 누구도 있지 않았다.

"야, 너 지금 어딜 보고 얘기하는 거야?"

"……."

곧이어 아이들의 웅성거림이 점점 더 커졌고, 두 눈에 눈물이 가득 차오른 주연은 여전히 아무도 없는 벽을 원망 가득한 표정으로 바라보고 있었다.

"뭐야, 무섭게. 야, 지주연 너……."

"너도 내가 널 죽였다고 생각해? 그래서 맨날 찾아오는 거야? 아니라잖아. 내가 그런 게 아니라잖아. 대체 나더러 뭘 어쩌라는 건데."

"뭐, 뭐라는 거야."

주연 주변에 있던 아이들이 두려워하며 한 걸음씩 멀어지기 시작했고 곧이어 주연이 비명을 지르듯 소리쳤다.

"그러니까 그만 좀 해……. 그만 좀 찾아오라고, 박서은!"

# 11

## 소문

야, 야. 대박 사건.

지주연 귀신 본대. 진짜라던데. 경찰에 잡혀가 있는 동안 충격이 너무 커서 정신이 나갔대. 이번 주에 지주연 학교 나왔을 때, 지주연이 막 혼잣말 중얼중얼거리고 그러는 거 애들이 다 봤다던데.

진심 무서운 건 뭔 줄 알아? 그 귀신이 박서은이래. 어우, 나 말하면서도 소름 돋은 것 좀 봐. 지가 죽여 놓고 벌도 안 받고 나오니까 박서은이 귀신 돼서 막 따라다니고 그러나 봐. 어우, 무서워.

걔 사람이 좀 이상해진 것 같지 않아? 왜, 전에 지주연 좀 그랬잖아. 재수 없게 예쁘고 짜증 나게 잘나고 괜히 옆에 있으면 움츠러들고 막 그랬잖아. 근데 지금 지주연은 어디 먼지 구덩이에 파묻혔다가 나온 애처럼 비실비실하니 힘이 없는 게, 나는 잿빛이라는 게 무슨 색인지 지주연 보고 알았다? 애가 그냥 막 회색이야. 어둡고 힘도 없는 게, 어우 그게 다 박서은 귀신이 붙어서 그런가 봐.

아이, 구라 아니거든?

와, 사람 말을 못 믿네. 야, 내가 이런 말까진 안 하려고 했는데. 너희도 아무한테도 말하면 안 돼. 실은 우리 엄마가 지난주에 신당에 다녀왔거든. 어디긴 어디야. 무당 있고 굿하고 왜 그런 데 있잖아. 우리 엄마가 나 대학 가는 거 무당 힘이라도 빌리자면서……. 아, 아무튼 엄청 용하다고 소문나서 3년 전에 예약 안 하면 못 가는 그런 신당 있거든. 우리 엄마도 고모 통해서 진짜 힘들게 갔는데, 거기서 지주연 얘기 하는 거 들었대. 누구긴 누구야, 지주연 엄마겠지.

솔직히 나는 지주연이 우리나라에서 못 살 줄 알았거든? 외국으로 안 나가고 학교 다시 다니는 데는 이유가 있었다니까.

야, 너네 진짜 아무한테도 말하면 안 된다. 우리 엄마가 그날 들었는데 그 신당에서 무당이 지주연한테 귀신 붙었다고, 외국 나가면 급사할 거라고 했대. 지주연이 학교 다시 가겠다고 하면 그냥 보내라면서. 학교로 돌아가려는 게 지주연이 아니라 지주연 옆에 붙은 박서은 귀신이 그렇게 시키는 거래. 걔가 학교에서 죽었으니까 막 학교 가고 싶어 가지고 지주연 전학도 못 가게 하고 학교에 계속 가라고 하는 거지.

아이 씨, 진짜 무섭지 않냐? 나 지금 말하면서 계속 소름 돋아. 그러니까 사람이 죄짓고는 못 산다니까. 아빠가 아무리 돈이 많으면 뭐 하냐? 애는 감옥에서 빼 올 수 있어도 귀신 원한까지는 돈으로 해결이 안 되는데.

딸이 귀신 보면서 서서히 미쳐 가는 걸 두고 보느니 나 같으면 그냥 죗값 받으라고 하고 말겠다. 진짜 지주연 엄마 아빠도 대단하지 않냐? 진짜 소름 돋는 건 그 사람들 같아.

야, 그러지 말고 우리 이거 〈심야귀신회담〉에 사연 보낼래? 아니다. 우리 이걸로 유튜브 찍을까? 이거 완전 유튜브 각인데. 촬영하다가 박서은 귀신이라도 찍히면 그냥 떡상 가는 거야. 그럼 수능 개망해도 상관없을 텐데. 안 그러냐?

# 12

## 서은의 집

어디를 가나 주연을 알아본 이들이 소스라치며 놀랐다. 어깨를 움츠리기도 했고, 귀신을 본다며 욕을 뱉는 아이도 있었다.

"이래서 사람이 죄짓고는 못 산다고 하는 거야. 쟤 봐. 저게 사람 사는 거냐."

"야, 눈 마주치지 마. 괜히 우리한테도 귀신 붙으면 어쩌려고."

쉬쉬대며 하는 말들도, 큰 소리로 하는 말들도 서로 높낮이만 다를 뿐 주연의 가슴에 박히는 건 똑같았다. 주연을 비웃고 욕하는 말들은 주연의 가슴에 생채기를 내다가 칼로 도려냈다. 그때마다 주연의 가슴에는 피가 철철 흘러

넘쳤다. 더는 난도질당할 마음이 없을 것 같을 때도 수치와 고통은 한계가 없다는 듯 매번 더 크게 생겨났다.

정말 이상한 건 주연이 어느 순간부터 고통을 당연한 일로 받아들이기 시작했다는 것이다. 누군가 자신에게 고통을 주지 않는 순간이 오면, 주연은 그 짧은 순간에 안도하는 것이 아니라 스스로에게 채찍질을 가했다.

사람들 말이 맞아. 네가 서은이를 죽였어.

그러니까 너는 고통받아야 해.

너는 죽을 만큼 아파도 싸.

아니. 그냥 차라리 죽어 버려.

그리고 그런 속삭임 끝에는 늘 서은이 있었다. 휘청이며 걸어가는 주연의 시선 끝에 서은의 뒷모습이 보였다. 단정하게 차려입은 교복과 윤기 나는 단발머리는 서은이 살아 있을 때 모습 그대로였다. 서은은 왜 매번 이런 순간에만 나타나는 걸까. 주연이 먼지처럼 사라지고 싶을 때, 이 세상에 더는 존재하고 싶지 않을 때, 자책하고 자학하다 더는 살고 싶지 않아지는 순간. 그럴 때면 언제나 서은이 나타났다.

"네가 원하는 게 이런 거야? 내가 고통받길 원해서 이렇게 나타나서 내가 얼마나 역겨워지는지 지켜보는 거야?"

주연이 서은에게 말을 걸듯 중얼거리자 서은의 입이 아주 작게 움직였다. 뭔가를 말하고 싶어 하는 것처럼.

그래, 네가 망가졌으면 좋겠어.

어쩌면 서은은 그런 말을 하고 있는지도 몰랐다. 주연은 휘청거리는 다리를 끌고 서은의 뒤를 따라 움직였다. 주연이 두 걸음을 걸으면 서은은 두 걸음을 앞서갔다. 주연이 다가가는 만큼, 딱 그만큼 서은은 멀어져 갔다. 그렇게 한참을 걷고 나서야 주연은 자신이 낯선 곳에 와 있다는 것을 깨달았다.

아니다. 오래된 주택이 즐비한 이 골목을 주연은 전에 와본 적이 있었다. 그때도 주연은 지금처럼 서은을 따라왔다.

"이런 데 살아?"

"……어? 아, 응. 우리 집이야."

2년 전.

더러운 쓰레기장에 발을 디디기라도 한 듯 얼굴을 찌푸린 주연을 보며, 서은은 민망한 듯 미소를 지었다. 엄마와 자신이 지내는 공간을 '이런 데'라고 표현하는 친구에게 불편하다는 표정 한 번 짓지 못한 채였다.

주연에게 말하지 못했지만 서은은 그날 처음으로 집이 부끄러웠다. 자신을 두고 먼저 간 아빠를 원망하게 되었고 가난이 지긋지긋해졌다. 손톱 끝이 갈라지도록 서은은 손톱을 뜯고 또 뜯었다. 중학교 3학년. 열여섯이 감당하기에는 너무도 수치스러운 일이었으니까.

그날 서은을 따라 이곳에 왔던 주연은 끝끝내 집 안으로 들어가지 않았다. TV에서나 보던 반지하 집을 주연은 그날 처음 보았다. 사람의 발끝이 닿는 길바닥으로 창문이 나 있는 그 좁고 냄새날 것 같은 지하실에 주연은 발도 들이고 싶지 않았다.

친구를 위해 참을 수는 없었을까. 다른 사람이 사는 집을 '이런 데'라고 표현하는 게 잘못이라는 걸 몰랐을까. 아니, 억지로라도 웃을 수는 없었던 걸까. 마치 서은이 하수구에 들어가자고 하기라도 한 것처럼 역겹다는 표정을 지어야 했을까. 나란 애는 뭐가 그렇게 잘나서 다른 사람을 시도 때도 없이 얕잡아 봤던 걸까.

주연은 그날의 자신을 탓했다. 꼭 2년 전 서은이 그랬던 것처럼 주연 역시 손톱을 물어뜯으며 자신의 행동에 부끄러움을 느꼈다. 이제 사과조차 받아 줄 수 없는 친구를 그리워하면서.

그리고 그 모습을 서은 엄마가 지켜보고 있었다.

처음에는 창가에 드리운 그림자에 시선이 갔을 뿐이었

다. 그러다가 창밖으로 보이는 교복이 서은의 교복과 같다는 걸 깨달았고, 순간 그 모습이 집에 들어오지 못하고 머뭇거리는 서은처럼 보였다.

아닌 줄 알면서도, 서은이 집으로 돌아올 수 없다는 걸 알면서도, 엄마는 서은을 기다리고 또 기다렸다. 그래서였다. 교복이 창문으로 보였을 때 서은 엄마는 잠시도 주저하지 않고 밖으로 뛰쳐나갔다. 그리고 집 밖을 서성이던 아이가 서은이 아니라 주연이라는 걸 알았을 때, 서은 엄마는 주저앉고 싶은 걸 간신히 참아 내야 했다.

주연을 보는 순간 서은 엄마는 수십 가지 감정이 요동쳐 숨을 쉴 수가 없었다. 내 딸의 친구이자 은인이었던 아이. 내 딸을 죽인 아이였다가, 내 딸을 죽인 범인으로 오해받았던 아이. 왜 그랬느냐는 질문에 모르겠다고 고개를 젓던 아이. 재판 때에도 넋이 나가 살아 있으나 죽은 것과 다름없어 보이던 아이. 내 딸이 가장 믿고 의지한 친구였고, 내 딸을 오랫동안 괴롭힌 아이. 자신이 해 주지 못한 걸 딸에게 해 준 아이이자, 딸에게 해서는 안 될 짓을 저지른 아이. 죽이고 싶을 만큼 미워했다가, 안쓰러웠던 아이.

그 아이가 지금, 자신의 딸과 똑같은 옷을 입고 마치 딸이 살아 돌아오기라도 한 것처럼 집 앞에 서 있었다.

서은을 죽인 진짜 범인이 잡혔다는 걸 말하려고 왔을까. 그것 보세요, 제가 죽인 거 아니라고 했잖아요. 원망이라도 하려고 왔을까. 아니면 사과라도 받으려고 왔을까. 만약 그렇다고 하면 뭐라고 해야 할까. 네가 밉다고, 너를 원망한다고 말해야 할까. 서은이는 너를 정말로 좋아했는데, 너는 그런 서은이를 이용한 게 맞냐고, 사람들 말이 다 사실이냐고 물어야 할까. 그것도 아니면 오해가 풀려서 다행이라고, 다시 학교 다닌다는 말은 들었다고, 잘됐다고 말해 줘야 할까.

서은 엄마는 주연에게 무슨 말을 어떻게 해야 할지 몰랐다. 죽을 만큼 밉던 주연이 범인이 아니라고 밝혀졌을 때, 지나가던 학생의 실수로 벽돌이 떨어져 서은이 죽은 거라고 했을 때, 생의 전부였던 딸이 사고로 홀로 죽어 갔다는 사실을 알았을 때, 서은 엄마는 더 깊은 좌절에 갇혀야만 했다.

"여긴 무슨 일로…… 왔니?"

서은 엄마는 주연이 어떤 대답을 하는지에 따라 다른 이야기를 할 생각이었다. 하지만 주연의 대답은 서은 엄마가 생각한 그 어떤 것에도 해당되지 않았다.

"서은이 따라왔어요."

주연의 입에서 서은이라는 이름이 새어 나오는 순간 서은 엄마는 정신이 번쩍 들었다. 가슴속 깊은 곳에서 뭔가가 솟구쳐 올랐고 누군가 자신을 때리기라도 한 것처럼 서러움이 북받쳤다.

"……지금 무슨 말을 하는 거야?"

눈물이 터질 것 같았다. 주먹을 쥐었던 것 같기도 했다. 감히 네가 우리 서은이를 입에 올리냐고 따져 물으려다가, 어깨를 밀치고 머리끄덩이를 잡으며 그날 네가 부르지만 않았어도 서은이가 죽지는 않았을 거라고 원망을 쏘아붙이려다가, 너를 미워하고 원망할 때가 차라리 나았다고, 그래서 나는 여전히 네가 범인이길 바란다고, 네가 우리 서은이를 괴롭혔으니 나도 너를 괴롭히겠다고, 끝까지 따라다니며 못살게 굴 거라고 욕을 퍼부으려 했다. 하지만 서은 엄마는 이어진 주연의 말에 단 한 마디도 하지 못한 채 자리에 주저앉아야 했다.

"서은이가…… 저를 찾아와요."

# 13

## 새 담임 선생님

여보세요? 네, 어머님 안녕하세요. 저 주연이 새 담임입니다. 예, 주연이 등교 시작한 지 며칠 됐는데, 이제야 연락드리네요.

주연이 학교생활이 어떤지 궁금하신 점 많으시죠? 걱정되는 것도 많으실 거고, 여러모로 마음이 많이 쓰이실 거라 생각됩니다.

안 그래도 그것 때문에 연락을 드렸어요. 더 일찍 연락드리고 싶었는데, 아무래도 주연이 학교생활에 대해 제가 더 파악을 한 뒤에 통화하는 게 좋을 것 같아서 조금 늦었습니다.

어머님도 아시다시피 저는 주연이에 대해 아는 바가 별로 없습니다. 예, 말씀대로 주변에서 여러 이야기를 많이 해 주셨어요. 주연이가 공부도 잘하고 리더십도 좋은 아이라고요.
아니요, 어머님. 염려하시는 그런 일은 없었습니다. 물론 학교에서 불미스러운 일이 있긴 했지만, 그렇다고 해서 학교에서 학생을 대상으로 흉흉한 이야기가 돌게 그냥 두지는 않습니다. 저 역시 마찬가지고요. 학교에서 최선을 다하고 있는 중이에요.

무엇보다 제가 걱정인 건 주연이예요. 다른 과목 들어오는 선생님들께 여쭈어보니 비슷한 말씀들을 하시더라고요. 학교에서 말을 거의 하지 않고 수업 중에도 다른 생각을 하는 것 같다고요. 주연이가 불안해 보인다는 말씀도 많이 하시고요.

이런 말씀 드려도 될지, 고민이 많았습니다. 그래도 알고 계셔야 할 것 같아서요. 학생들 사이에서 주연이에 관한 여러 가지 소문이 돌고 있어요. 아직 학생들이고 한창 예민할 시기다 보니, 다들 분위기에 휩쓸려 믿는 눈치더라고요.

혹시…… 주연이가 심리 상담이라든지 그런 걸 받고 있을까요? 아니요, 어머님. 그런 의미가 아니라 주연이가 힘들 테니 도움을 받고 있는지 궁금해서 여쭤봤어요.

어, 너무 놀라지 마시고 들으셨으면 합니다. 실은, 며칠 전에 학교 급식실에서 사건이 좀 있었어요. 주연이가 한 친구랑 가볍게 말다툼을 한 것 같은데, 그게 조금……. 아, 아니요. 친구랑 싸워서 전화 드린 것이 아니고요. 주연이가…… 음, 뭐라고 말씀을 드려야 할지. 그러니까 어머님. 아이들 말로는 주연이가 죽은 친구랑 말을…… 한다고 하더라고요. 주연이한테 서은이가 보인다고요.

놀라셨지요? 저도 상황 파악을 조금 해 보려고 주연이를 불러 이야기를 나눠 봤어요. 여러 가지를 물었는데 처음에는 아무 대답도 하지 않더라고요.

아무래도 소문을 확인해야 할 것 같아서 서은이가 보이냐고, 친구들이 그런 이야기를 하더라고 물어봤어요. 주연이가 아니라고 대답하더라고요. 안 보인다고요. 네, 그래서 저도 역시나 아이들 사이에 헛소문이 퍼졌구나 했는데…… 주연이가 이상한 말을 하더라고요. 그냥 안 보인다는 게 아니고 "지금은 없어요. 여기에는."이라고 표현을 해서……. 그게 계속 마음에 걸리더라고요.

어머니, 우선 진정하시고요. 제 이야기 마저 들으실 수 있으시겠어요? 그럼요. 그런 일로 절대 주연이를 이상한 눈으로 보거나 그러지 않습니다. 염려 마세요.

저는 제가 주연이에게 뭘 해 줄 수 있을지 생각하고 있습니다. 할 수 있는 한 최선을 다해서 주연이를 보살피고 지켜 줄 겁니다. 그 점은 전혀 걱정하지 않으셔도 돼요. 주연이가 정신적으로 성숙한 어른이 겪기에도 버겁고 힘든 일을 겪었잖아요. 아마 표현하는 것보다 훨씬 충격이 심했을 거라고 생각됩니다.

……어머님, 지금 우세요? 진정하시고…… 혹시 통화가 어려우면 제가 다음에 다시 연락드릴까요? 아니면 아버님께 연락을 드리는 방법도……. 네, 그럼 한 가지만 말씀드리고 끊겠습니다.

아이들이 다 큰 것 같아 보여도 실은 아직 채 다 자라지 않은 아이예요. 어떤 어른들은 그 정도면 다 컸다고 쉽게 이야기하지만, 아니에요 어머님. 주연이 아직 어려요. 주변에서 보듬어 줘야 하고, 관심 있게 살펴봐야 해요. 특히 이렇게 어렵고 힘든 일을 겪은 아이라면 더욱 그래야 한다고 생각합니다.

그러니까, 제가 드리고 싶은 말씀은…… 열이 나면 병원 가서 해열제 처방을 받듯이 마음이 아프면 병원의 도움을 받는 것도 방법이거든요. 아니요, 어머님. 주연이가 정신병에 걸렸다는 의미가 아니라요, 전문가에게 도움을 받을 수 있다면 그래야 한다는 말씀을 드리는 겁니다. 병원이 불편하시면 심리 상담을 받아 보는 것도 도움이 될 겁니다.

가정에서 위로받고 병원에서 치료받으면 저는 학교에서 제가 할 수 있는 최선을 다해 주연이를 도울 거예요. 그럼요.

주연이 다시 일상으로 돌아와야 하잖아요. 어머님부터 마음 단단히 먹으셔야죠.

그렇게 말씀하시지 말고, 주연이를 위해 진중하게 생각 한 번 해 보세요. 어떤 길이 주연이에게 옳은 길인지 찾아야죠. 어머님, 저는요, 적어도 제가 이 학교에 있는 동안은 끝까지 주연이 도울 겁니다. 꼭 그렇게 할 거예요.

# 14

## 주연의 엄마

"그러니까 어머님도 주연이 도와주세요. 부탁드리겠습니다."

주연 엄마는 담임 선생과의 통화에서 모멸감을 느꼈다. 내가 내 딸을 얼마나 귀하게 키웠는지 당신이 아느냐고 소리치려다 간신히 참아 냈다. 내 딸을 정신 병원에 보내라는 말을 꺼내? 네까짓 게 뭔데. 감히 내 딸을, 내 딸을……!

"선생님 성함이 뭐라고 하셨죠?"

"이혜영입니다."

"네, 이혜영 선생님. 과목이 어떻게 되세요?"

"국어입니다."

선생은 마치 주연 엄마보다 주연을 더 걱정하고 있다

는 듯 주제넘은 소리를 지껄여 댔다. 주연 엄마는 휴대폰을 쥔 손에 힘을 주며 입술을 깨물었다. 그러고는 주연과 자신의 가족을 질투하던 사람들을 향해 '넘보지 못할 삶'이라는 걸 보여 줄 때면 언제나 그러했듯 자세를 곧추세웠다. 집에 혼자 있음에도 주연 엄마는 그렇게 했다.

"국어 선생님이시면서 국어를 바르게 사용하지 못하시는 것 같네요. 정신과 치료요? 정신 병원 같은 건 정신이 아픈 사람이 가는 데죠. 주연이는 멀쩡해요. 아프지 않다고요. 왜 멀쩡한 애를 아픈 애 취급하시는 거죠? 이거 학생 인권 침해 아닌가요?"

"……어머님. 불편하신 심정은 충분히 이해합니다. 하지만 현재 주연이 상태가……."

"상태? 지금 상태라고 하셨어요? 그런 표현은 문제가 있는 사람한테나 쓰는 거죠. 아무 문제도 없는 멀쩡한 아이에게 상태가 어쩌고 하는 말을 보통은 잘 쓰지 않을 텐데요? 방금 하신 말씀은 정말 불쾌하네요."

"어머님, 그게 아니라……."

"됐어요. 내 딸은 내가 잘 알아요. 아이들 사이에서 나오는 헛소리를 선생이라는 사람이 단속은 못 할망정 부추기진 말아야지. 뭐가 어쩌고 어째요? 우리 주연이가 귀신을 본다고…… 그런 말도 안 되는 소리를 제가 왜 듣고 있어야 하는지 모르겠네요. 주연이 전학 준비 할 거니까 선생님도 관심 꺼 주세요. 아시겠어요?”

신경질적으로 전화를 끊은 주연 엄마는 누군가 떠밀기라도 한 것처럼 다리에 힘이 풀려 소파에 기대앉았다. 휴대폰을 어찌나 세게 움켜쥐었던지 손이 하얗게 질려 있었다.

방 안에 홀로 앉아 누군가와 대화를 나누던 주연이 떠올랐다. 집에서만 그러는 줄 알았는데 학교에서도 그랬다니. 주연 엄마는 머리가 지끈 아파 오고 목이 타들어 가는 것 같았다. 이미 몇 번이나 주연과 대화를 나누어 보려 했지만 주연은 집에 들어오면 입을 꾹 닫고 한마디도 내뱉지 않았다.

이제 어떻게 해야 하지? 주연 엄마는 겪어 보지도, 들어 보지도 못한 일에 어떻게 대처하면 좋을지 알 수 없었다. 딸에게 분명 무슨 일이 벌어지고 있었다. 이대로 손 놓고 있을 수는 없는 일이었다. 하지만 대체 뭘 어떻게 하면 좋단 말인가. 누구에게도 이 일을 털어놓을 수 없었다. 가족이라는 단어가 떠올랐지만 그마저도 마땅치 않았다.

평생 고위 공직자로 살아온 부모님은 가난한 시댁도, 사업을 하는 남편도 마음에 들어 하지 않았다. 결국 후회할 선택을 뭐 하러 하냐며 결혼 당일까지도 파혼 이야기를 꺼냈다.

남편은 부모님의 무시에도 보란 듯이 사업을 확장했다. 남편의 사업이 잘되자 부모님은 "언제까지 잘될 것 같으냐."라는 말을 아무렇지도 않게 해 댔다. 주연 엄마는 자신의 선택이 틀리지 않았음을 보여 주고 싶었다. 고작 스물여섯 살. 네 선택이 틀렸다고 말하는 사람들에게 둘러싸여 주연 엄마는 스스로의 삶을 증명해 보여야 했다.

주연을 낳고 지치고 고된 날이 이어졌다. 어린 아기였던 주연은 도무지 스스로 잠드는 법이 없었고 하루 세 시간 이상 연속해서 자지 않았다. 아기를 낳느라 틀었던 몸은 부기가 빠지지 않아 무거웠고 머리카락은 큰 병에 걸린 사람처럼 한 움큼씩 빠졌다. 남편은 밤낮없이 일을 했고 주연 엄마는 자꾸만 울어 대는 어린 주연을 품에 안고 어찌할 바를 몰라 함께 울었다.

"그럼 애 키우는 일이 쉬운 줄 알았니? 내가 뭐라고 그랬어. 결혼한 지 얼마나 됐다고 덥석 애부터 가지고. 애는 천천히 가지라고 몇 번을 말했어. 아니, 지 서방은 베이비시터 구할 돈도 안 주니? 사업 잘된다고 하더니 전부 허풍이구나. 내 그럴 줄 알았다. 사업은 아무나 한다니. 너희 시댁은 첫 손주인데 애 보러도 안 와? 그러니까 제대로 된 집에 시집가야 한다고 내가 몇 번을……."

친정 엄마와의 통화는 아무런 도움이 되지 않았다. 휴대폰을 부여잡고 주연 엄마는 두 번 다시 친정에 도움을 청하지 않겠노라 다짐했다. 친정 식구들은 마치 남편이 실패하기를 고대하는 것만 같았다. 주연 엄마는 입술을 깨물었고 어린 주연은 다시금 빽빽 소리 지르며 울어 댔다. 미치지 않고서야 버티기 힘든 나날을 주연 엄마는 그렇게 버텨 왔다.

주연은 자라면서 한 번도 엄마를 실망시킨 적이 없었다. 뭐든 기대 이상으로 해냈고 누구나 감탄할 정도로 예쁘게 자랐다. 또래보다 한글을 더 일찍 깨쳤고 영어도 중국어도 더 빨리 익혔다. 수영과 피아노도 곧잘 했고 그림을 그려도 완벽하게 해냈다.

그런 주연은 다른 이들에게 질투의 대상이었고, 주연 엄마에게는 우월감을 심어 주었다. 주연은 엄마 아빠의 자랑이었고, 그러면 그럴수록 주연에게 더 많은 것을 바라게 되었다.

무슨 일이 있어도 가족만은 지키겠다던 남편은, 친정 식구들이 입도 벙긋하지 못할 정도로 사업을 크게 키웠다.

남편을 향해 "후회할 짓"이라고 표현하던 아버지는 동창회에 나가 사위 자랑을 해 댔다. 결혼을 비웃던 언니는 남편 회사에 시동생을 취직시켜 달라며 부탁을 해 왔다. 주연 엄마는 어느새 저 위에 앉아 사람들을 내려다보며 여유로운 미소를 지을 수 있게 되었다. 자신의 삶이 누구나 질투할 만한 삶이라 생각할수록 더 높이, 사람들이 넘볼 수 없을 만큼 더 많이 올라가고만 싶었다. 그 철옹성 같던 계단이 단 한 순간에 무너질 거라고는 상상도 하지 못했다.

'학교에서 죽어 간 아이.'

그 사건 이후, 친정 식구들은 "그럴 줄 알았다."라며 전화를 걸어 댔다. 처음부터 못마땅했다며, 주연이 그렇게 된 것도 사업하느라 바쁜 남편이 가정에 소홀했기 때문이라고 말했다. 부모님은 이번에야말로 주연 엄마의 선택이 잘못되었음을 깨닫게 해 주려는 듯 보였다.

부러움과 질투는 언젠가 그럴 줄 알았다는 예언과 함께 사라졌다. 오로지 주연만을 보며 살아온 세월은 원망으로 물들었다. 딸은 더 이상 엄마를 향해 웃어 주지 않았고 남편은 가족을 지키기 위해서라며 귀를 틀어막았다. 주연 엄마는 터질 것 같은 가슴을 주먹으로 내리치고 또 내리쳐야만 했다.

삑- 삑 삐리릭.

현관문이 열리더니 주연이 터덜터덜 걸어 들어왔다. 주연 엄마는 자신도 모르게 작은 한숨을 내쉬었다. 주연은 집에서 말만 하지 않는 것이 아니라 밥 한 톨도 먹지 않았다. 무슨 말을 해도 그저 고개를 젓거나 아무 대꾸도 없이 방에 들어가 깊은 잠에 빠져들었다. 그렇게 밤을 보내고 아침이 오면 다시 물 한 모금 입에 대지 않고 서둘러 학교로 갔다. 학교에서는 뭐라도 먹겠지, 밖에서 간식이라도 챙겨 먹겠지 했던 마음은 온데간데없이 사라지고 답답한 마음은 어느새 분노로 변해 가고 있었다.

"밥은 먹었어?"

"……."

주연은 마치 엄마가 보이지도, 엄마 말이 들리지도 않는다는 듯 휑하니 돌아서 방으로 들어가 버렸다.

생각해 보면 주연은 집으로 돌아온 뒤부터 한 번도 대답을 한 적이 없었다. 대답은커녕 눈 한 번 제대로 마주친 적이 없었다. 딸은 엄마가 존재하지 않는 것처럼 굴면서 실제로 존재하지 않는 서은에게는 말을 걸고 눈을 맞추었다.

담임 선생과의 통화로 확실해진 건, 주연이 학교에서는 드물지만 말을 한다는 거였다. 오로지 집에서만 입을 다물고 있는 거였다. 더는 엄마도 참을 수 없었다.

"엄마가 묻잖아!"

거칠게 방문을 열고 고함치듯 물었지만 주연은 눈 하나 깜짝하지 않았다. 그저 가방을 내려놓고 교복을 벗어 옷걸이에 걸어 둘 뿐이었다. 주연 엄마는 어쩌다 이렇게 되어 버렸는지 알 수 없었다.

뼈가 비틀리는 고통을 참아 가며 너를 낳은 게 죄가 되는 걸까. 하루 두 시간도 제대로 못 자면서도 행여 네가 잘못될까 전전긍긍했던 게 잘못이었을까. 그것도 아니면 뭐든 최고로 주고 싶어 애쓰던 지난날에 문제가 있었던 걸까. 도대체 무엇 때문에 딸이 자신을 미워하게 됐는지 엄마는 이해할 수 없었다.

"지주연! 너 엄마 말 안 들려? 왜 대답을 안 해?"

"……."

"다른 사람들이랑은 말한다면서 왜, 왜 엄마한테만 이러는데!"

주연 엄마는 알지 못했다. 매 순간 최고의 것만 주겠다는 자신의 마음이 딸아이에게 어떤 불안감을 주었는지. 딸이 세상에서 가장 두려워하던 때에, 엄마가 널 지켜 줄 거라는 따뜻한 말 대신에 나한테 왜 그러느냐고 따져 묻던 그 말이 주연의 가슴에 얼마나 큰 상처를 입혔는지.

말로 입힌 상처는 눈에 보이지 않아서 결코 알아차리기 쉽지 않았다. 그래서 주연 엄마는 계속해서 주연에게 물었다.

"엄마는 너한테 늘 최선을 다했어. 부족함 없이 키우려고 애썼고, 뭐든 늘 좋은 것만 줬어. 근데 나한테 왜 그러니? 내가 뭘 잘못했어?"

잘못을 알면 용서라도 구할 텐데, 억울하고 답답한 마음으로.

"지주연!"

주연의 어깨를 잡아당겼다. 얼굴을 마주 보고 도대체 왜 이러는 거냐고, 정말 엄마 미치는 꼴 보고 싶어서 이러는 거냐고 물었다. 고함을 지르고 가슴을 내리쳤다. 하지만 주연은 끝내 입을 열지 않았다. 아니, 주연은 말하지 않은 게 아니었다. 끝없이 말하고 싶었지만 엄마 앞에서는 말이 나오지 않았다.

그래서 그랬어. 엄마가 늘 좋은 것만 줘서. 엄마는…… 엄마가 원하는 것만 나한테 줬으니까.

주연은 자신이 어릴 때 느꼈던 감정을 떠올렸다. 언제부터 엄마의 냄새가 싫어지고 엄마의 품이 진절머리 나기 시작했는지.

주연이 갖고 싶은 건 뽑기에서 뽑을 수 있는 작은 토끼가 달린 열쇠고리였는데, 엄마는 그런 조잡한 쓰레기를 뭐하러 사냐고 했다. 그러고는 다른 인형을 선물해 줬다. 아주 비싸고 좋은 거라면서. 주연 엄마는 주연이 비싼 인형을 받고 기뻐하길 원했고, 주연은 아주 작은 인형조차 가지지 못했다.

처음에는 작은 인형이었다. 다음은 스티커였고 모자였고 옷이었다. 학원이었고 성적이었으며 때로는 외모가 되기도 했다. 그렇게 주연 엄마는 언제나 최고를 추구했고 주연은 아무것도 갖지 못한 아이로 자랐다. 주연 엄마는 답답했고 주연은 두려웠다. 엄마가 어느 날 주연을 보고 만족스러워하지 않을까 봐, 그렇게 버려질까 봐.

# 15

## 이모

얘는. 언니가 왔는데 왜 왔어가 뭐니. 너 요즘 전화 잘 안 받더라. 엄마 아빠도 모르겠다 그러시고, 내가 좀 걱정이 되면 여기까지 찾아왔겠어.

근데 너 무슨 일 있니? 거울 좀 봐라. 그게 사람 얼굴인지 송장 얼굴인지. 주연이도 누명 벗고 학교도 다시 다닌다면서 얼굴이 왜 그래? 전에 주연이 경찰서 불려 가고 뉴스 나오고 난리 났던 때랑 다를 바가 없으니까 그러지.

아휴…… 기집애. 너는 내가 남이니? 왜 아무 일도 없다고 딱 잡아떼고 있어? 기껏 걱정돼서 와 준 사람한테. 네가 입 딱 닫고 있으면 내가 모를 것 같아? 진범 잡혔다면서 왜 정리된 게 없어? 무슨 말인지는 네가 더 잘 알 거 아니야. 너 얼굴

꼴 말이 아닌 거, 인터넷에 떠도는 말 때문 아니야.

대체 이게 무슨 날벼락이라니. 주연이가 한 짓이라고 세상에 그 난리를 치더니, 누명 벗겨지고 아닌 거 다 밝혀졌는데 어쩜 이렇게 세상이 무심하니? 내가 다 억울하다.

어떤 사람은 얘, 지 서방이 돈이랑 빽으로 주연이 꺼내고 다른 애한테 누명 씌웠다는 말도 안 되는 얘기까지 한다니까. 내가 정말 살다 살다 그런 어이없는 말은 처음 들어.

어머, 너 그런 얘기 못 들었어? 요즘 인터넷이며 유튜브며 다 그 얘기뿐이야. 주연이가 법적으로는 죄가 없는 걸로 밝혀졌어도 사람들한테는 여전히 유죄라니까.

이래 가지고 대학이나 갈 수 있겠어? 하여간 우리나라 사람들도 참 문제야. 뭐 하나 잘못했다 하면 기회를 안 주고 깔아뭉개려고 하잖아. 애한테 너무 굴레를 씌우는 거지. 다들 해도 해도 어쩜 이렇게 너무하니.

제일 중요한 시기에 그렇게 무서운 일 겪고 공부나 다시 할 수 있으려나 모르겠다. 내가 한약 잘하는 집 아는데, 어떻게 주연이 한약 한 제 해 줄까? 그래, 주연이 워낙 똑똑한 애니까 공부는 금방 따라갈 거야. 안돼도 뭐, 1년 쉬면 되지. 우리 은율이 재수할 때 속이 문드러지는 줄 알았는데, 해 보니까 별것도 아니야. 하길 잘했지. 재수해서 우리나라에서 제일 좋은 대학 갔잖아.

어머, 얘. 나도 그런 얘기 안 믿는다. 그걸 믿는 사람들이 수준 이하인 거지. 난 유튜브며 인터넷에 떠도는 그런 질 떨어지는 소문은 안 믿어. 말 같은 말을 해야 믿지. 누가 보면 지 서방이 대단한 재력가나 되는 줄 알겠다. 그냥 조그만 사업체 하나 운영하는 게 다지. 무슨 재벌도 못 하는 일을 한낱 건설회사 대표가 한다고……. 하여간 사람들이 영화를 너무 많이 봐서 탈이야. 어떻게 그런 허무맹랑한 이야기를 믿는 건지.

말이 나왔으니까 하는 말인데, 지 서방 회사는 괜찮니? 아니, 저번에 내가 부탁했던 우리 시동생 말이야. 회사 옮긴다던데? 벌써 이직 준비 다 끝냈다더라. 지 서방 회사가 불안불안하다고. 처음부터 오래 있을 생각으로 들어간 건 아니었대. 요즘 취업하기가 워낙 힘든데 죄다 경력직만 뽑으니까 스펙 좀 쌓으려고 들어간 거라나.

내 말이. 누가 아니래니. 그렇게 빌빌대면서 제발 한 번만 얘기 좀 해 달라고 부탁을 그렇게 해 놓고선 지 서방 회사 조금 어려워지니까 금방 뒤돌아서고. 아우, 말하는 게 얼마나 밉살스러운지 통 정이 안 가.

너 몰랐어? 지 서방 회사 요즘 안 좋대. 소문이 빤하던데 정말 몰랐니? 얘, 너도 남편한테 관심 좀 가지고 살아라. 아무리 집에만 있다고 해도 그렇지 어떻게 남편 일을 그렇게 모르니.

아무래도 주연이 그 일 때문에 같이 일하기 꺼리는 거겠지. 다른 일도 그렇지만 건설 일이라는 게 네이밍이나 브랜드 가치가 워낙 중요하잖아. 네가 사는 집을 범죄자가 짓는다고 생각해 봐. 얼마나 께름칙하니. 어머, 어머, 왜 소리를 지르고 그래? 내가 언제 주연이가 범죄자라고 했어? 그런 뜻이 아니라…… 흠흠.

나도 알지. 주연이한테 아무 잘못 없는 거. 억울한 누명 쓰고 고생만 한 거 다 알지. 내가 모르면 누가 알아? 내 말은 그 사건이 마무리되고도 주연이 일이 제대로 해결 안 된 것 같다 그 말이지. 그러니까 자꾸 업계에서 지 서방 회사 소문만 나빠지는 거고.

지 서방은 주연이 오고 나서 뭐라디? 주연이랑 얘기는 좀 해 봤어? 아니 내가 이런 말까지는 안 하려고 했는데, 지 서방 요즘 회사에서 일은 안 하고 변호사만 만나고 있는 거 아니?

왜 정색을 하고 그래. 지 서방 회사에 내리 변호사들만 들락거린다는데 그것 때문에 소문이 더 안 좋잖아. 파산하는 거 아니냐고.

어머, 야! 왜 소리를 질러, 지르길. 내가 말 안 해 주면 넌 뭐 이런 얘기 들을 곳이나 있니? 사실을 알고 현실을 직시해야 너도 뭘 준비할 거 아니야. 너는 지 서방을 믿니? 너 결혼할 때 엄마 아빠가 한 말 잊은 거 아니지? 엄마가 너한테 말은 안 했지만 지 서방이랑 너 궁합 안 좋았어. 이혼 수도 있다더라. 지 서방이 너한테 액운을 몰고 온다고. 그래서 그렇게 결혼 말린 거야. 솔직히 뭐, 지 서방이 보고 배운 게 있니, 비빌 언덕이 있니. 사람들이 괜히 집안 따져 가며 결혼하는 줄 알아?

아우 됐어, 그래. 나도 옛날이야기 꺼내서 좋은 거 하나 없어. 다 너 좋으라고 하는 말이지. 이런 말 해서 내가 뭐 이득 보는 게 티끌만큼이라도 있어? 나도 모른 척하면 그만이야.

그래도 나는 너 걱정돼서 여기까지 온 거야. 나라고 시간이 남아돌아서 찾아온 줄 알아? 넌 매사에 그런 식이더라. 사람 호의를 곱게 받아들이는 경우가 없어.

넌 엄마란 사람이 주연이한테 무슨 일 있는지 알긴 아니? 관심도 없지? 오로지 그 잘난 체 못 하고 살까 봐, 그거에만 관심 있지? 네가 그동안 잘난 체를 좀 하고 살았어? 주연이가 조금만 잘하면 그렇게 자랑을, 자랑을.

야, 내가 말을 안 해서 그렇지 우리 은율이도 주연이만큼은 공부했어. 어디 가서 못한다는 말을 들어 본 적이 없는 애야. 네가 주연이 자랑을 하도 해 대니까, 애가 기가 죽어서 말을 못 해서 그렇지. 너 아니었으면 우리 은율이 재수하는 일도 없었어.

너 기억 안 나? 우리 은율이 수능 칠 때, 주연이가 수능 모의고사 봤는데 거의 만점을 받았니 어쨌니 하면서 우리 은율이 기 다 죽여 놨잖아. 그럼. 그때 주연이가 중학생이었는데. 중학생이 수능 모의고사 만점 받았다고, 수능 별것도 아니라고 그러는데 우리 은율이가 기가 안 죽고 배겨? 그러니까 사람이 겸손해야 하는 거야. 봐, 잘난 네 딸 한순간에 나락 가는 거.

주연이가 억울한 일 당했을 때 누구 하나 나서서 아니라고 하는 사람이 있기나 했니? 그동안 얼마나 싸가지 없게 굴었으면 다들 나서서 그럴 줄 알았다는 말을 하겠니? 주연이가 누굴 보고 배웠겠어. 다 네가 사람 무시하는 거 보고 배워서 그런 거야. 알아?

됐고, 나도 너랑 싸우러 온 거 아니야. 유튜브에 주연이 신상이랑 학교에서 이상한 행동한 거 다 떴길래 걱정돼서 온 거지. 네가 믿든 말든 나는 넌 싫어해도 주연이는 안 미워한다.

어쨌거나 주연이는 내 하나뿐인 조카야. 좀 컸다고 가끔 밉살스러운 짓을 하긴 해도 주연이가 어렸을 때 나만 보면 이모, 이모 하고 좋아하던 게 엊그제 같은데 내가 걔를 어떻게 미워하니? 넌 어떨지 몰라도 나는 어린이날이며 크리스마스며 우리 은율이 선물 챙기면서 주연이 선물 안 챙긴 적 한 번도 없어. 내가 걔를 얼마나 예뻐하는데.

조카가 귀신에 씌었다는 동영상이 떠도는데 그걸 보고 걱정 안 하는 이모 있으면 나와 보라고 그래. 애가 죽은 친구가 보인다고 그럴 때까지 넌 대체 엄마란 사람이 뭘 하고 있었니?

잔말 말고 주연이 데리고 여기 가 봐. 용한 무당집이야. 됐긴 뭐가 됐어? 여기 한 번 예약하려면 3년은 기다려야 하는 곳이야. 내가 3년을 기다려서 간 무당집에 주연이 어떻게 하면 좋겠냐고 그것만 물어봤어.

지난번에 내가 얘기했지? 주연이 외국 나가면 안 돼. 힘들어도 여기 있어야 한다 그러더라. 주연이 학교에는 군말 없이 가지? 그게 왜 그런 줄 알아? 죽은 애가 주연이 데리고 학교에…… 아유, 아니야 아무것도. 아무튼 내가 사람 한 명 살리는 셈 치고 도와 달라고 사정사정해서 겨우 예약 잡은 거니까 애 데리고 가. 가서 무당이 하라는 대로 해. 굿을 하라면 굿을 하고 부적을 쓰라면 써. 할 수 있는 건 다 하라고.

# 16

## 주연의 아빠

"온라인 중심으로 댓글이나 SNS에 글 올린 사람들 허위 사실 유포, 명예 훼손으로 처리하고 있습니다. 절반 이상이 미성년자로 대표님이 말씀하신 대로 반성문 등 조치 취하고 있으니 점차 조용해질 겁니다."

주연 아빠는 사건이 발생한 날부터 지금까지 하루도 빠짐없이 변호사와 상담하며 주연의 일을 마무리 짓기 위해 노력하는 중이었다.

"유튜버가 올린 이상한 영상은 어떻게 합니까?"

"오늘 조치할 예정이긴 한데, 너무 과하게 제지 들어가면 역효과가 날 수도 있어서 적정한 수준을 찾고 있습니다. 그 사람들, 변호사 사무실에서 연락 왔다고 하면 그걸 그대로 영상으로 만들어 올려요. 대단한 관종들이거든요. 아예 찍소리도 못 하게 누르든가 적정선에서 합의를 보든가 해야죠."

'찍소리도 못 하게'라는 변호사의 말에 주연 아빠의 눈 밑이 파르르 떨렸다. 할 수만 있다면 그렇게 하고 싶었다. 딸아이를 짓밟고 만신창이로 만든 인간들은 모두 두 번 다시 그딴 말을 지껄이지 못하게 만들고 싶었다.

어느 순간부터 주연 아빠 역시 주연이 범인이라고 생각했던 것 같다. 주연이 절대로 범인일 수 없다고, 소중한 딸아이가 그런 짓을 벌였을 리가 없다고 여기던 마음은 얼마 지나지 않아 의심으로 바뀌었고, 의심은 곧 확신이 되었다. 딸은 아무것도 기억나지 않는다고 했고 증거도 증인도 모두 딸이 범인이라고 했으니까.

하지만 딸이 친구를 죽였다고 의심하던 순간에도 주연 아빠의 마음속에 달라지는 건 없었다. 딸을 지키겠노라, 무슨 일이 있어도 모든 것을 원상태로 되돌리겠다는 마음은 한 번도 바뀌지 않았다.

주연 아빠는 혼자 힘으로 여기까지 올라오는 동안 하루도 마음 편히 쉬어 본 적이 없었다. 자신이 편히 등을 기대 쉬기라도 하면 언제고 누군가가 나타나 자신을 예전처럼 가난에 허덕이고 무능력한 부모 밑에서 살던 시절로 데려갈 것만 같았다.

이제 그만하면 됐다고, 혼자 힘으로 여기까지 온 게 얼마나 대단하냐고 칭찬 같은 말을 쏟아 내던 이들도 결국은 '도와줄 부모가 없는' 자신을 비웃는 것만 같았다. 결혼을 결심한 순간부터 지금까지, 주연 아빠는 자신이 다짐한 것을 그대로 지키고 살아왔다.

딸과 아내를 지킬 것. 딸에게 자신이 느꼈던 비참함을 절대 물려주지 않을 것. 가족에게 누구보다 거대한 비빌 언덕이 되어 줄 것.

주연이 아무리 큰 죄를 지었어도, 설령 친구를 죽였다고 해도, 아빠는 딸을 구해 낼 작정이었다. 무슨 수를 쓰든 내 딸아이를 구하고야 말겠다고.

누군가는 어떻게 딸을 믿지 않을 수 있냐고 할지 모르지만, 주연 아빠에게 자식에 대한 사랑은 자식이 어떤 일을 했든 하지 않았든 그것을 믿고 안 믿고와는 아무 상관이 없었다. 믿음과는 별개로 주연을 어떤 일이 있어도 지킬 테니까.

진범이 잡히고 주연이 집으로 돌아온 날, 주연 아빠는 딸아이를 끌어안고 고생 많았다고, 무사히 돌아와서 다행이라고, 지켜 주지 못해서 미안하다고, 네가 갇혀 있는 동안 아빠는 심장이 찢기고 살이 너덜거리는 것만 같았다고, 아빠가 너를 아주 많이 사랑한다고 말해 주고 싶었다.

하지만 한 줌에 부서질 것 같은 주연을 보는 순간 아빠는 아무 말도 하지 못했다. 돌아온 주연은 예전과 달랐다. 언제나 자신만만하고 생기 넘치던 얼굴은 희미한 회색이 되어 있었다.

누군가 딸의 영혼을 부수기라도 한 듯, 살아 있지만 살아 있지 않은 것 같았다. 울컥 감정이 솟구쳤고 사랑한다는 말을 꺼내면 일순 무너질 것만 같았다. 아이 앞에서 아비가 무너지는 모습을 보일 수는 없었다. 그랬다가 주연이 아빠를 더 이상 믿음직한 언덕이 아니라고 여기면 어쩐단 말인가. 아빠는 다시 표정을 숨기고 서둘러 주연을 차에 태워야 했다.

어린 시절 주연 아빠에게 집은 언제나 달아나고 싶은 공간이었다. 아버지는 자신과 엄마를 괴롭히는 괴물 같은 존재였다. 끙, 소리 한 번 내지 않고 묵묵히 폭력을 받아 내는 엄마를 보며 고작 열 살이던 소년은, 도망갈 생각조차 하지 않는 무기력한 엄마를 지켜야 한다고 생각했다. 도망쳐야 할 존재와 지켜야 할 존재 사이에서 자란 소년은

'지키는 것'만이 부모 노릇이라 생각했다. 집에서조차 살아남아야 했던 소년은 다른 사람 위에 온전히 올라서야 행복할 수 있을 거라 여겼다.

그렇게 사랑한다는 말을 듣지 못하고 자란 소년은 딸에게 사랑한다는 말을 하지 못하는 아빠가 되었다. 자신이 가지지 못했던 걸 딸아이에게 주기 위해 언제나 온 힘을 다했지만, 뒤따라오는 딸이 지치지는 않았는지 되돌아보는 마음은 가지지 못했다. 소년은 부족한 어른이 되었고, 딸에게 모난 아버지가 되었다. 하지만 그렇다고 해서 딸을 향한 마음까지 부족하거나 모난 것은 아니었다.

"네, 그럼 대표님 말씀하신 사항 전달해 놓도록 하겠습니다."

변호사가 서류를 정리해 가방에 넣더니 씁쓸한 미소를 지으며 말을 이었다.

"지난번 따님 공판 때 변호 맡았던 국선 변호사 기억하시죠? 그 장 변호사가 제 고향 후뱁니다."

"아, 그렇습니까?"

"네. 장 변이 어릴 때 학교 폭력을 당했어요. 그래서 장 변한테 트라우마가 조금 있는 모양이더라고요. 따님 사건 맡을 때 처음에는 학교 폭력 사건인 줄 알고 맡기 싫었다더라고요. 그러다가 따님을 만나고는 믿어 보려고 했답니다. 아무리 생각해도 진심인 것 같다면서. 그때 목격자 진술만 없었어도……. 장 변이 아직까지도 마음고생을 하고 있습니다. 제가 대표님이랑 일한다고 하니 따님 안부부터 묻더라고요."

변호사라는 사람들이 변호를 거부할 때, 주연을 믿어 준 유일한 변호사였다. 장 변호사를 떠올린 주연 아빠는 그저 입을 꼭 다물고 깊게 숨을 들이마셨다. 그런 장 변을 믿지 않은 건 주연 아빠였다. 국선 변호사 따위가 제대로 된 변호를 하겠냐며 다른 변호사를 알아봐야 한다고 고집했었다.

"변호사를 떠나서 인간 대 인간으로 생각해 보면 그 진범 말입니다. 아무리 학생이고 무서워서 그랬다지만…… 저는 이해하기 어렵습니다. 진범이 잡혔는데도 여전히 따님을 향해 악플을 다는 사람들은 더 이해하기 어렵지만 말입니다."

변호사는 사람들이 왜 이렇게 주연을 믿지 않는지 때로는 이해할 수 없었다. 사람들은 목격자로 진술했던 진범이 아니라 주연을 더 미워했다. 처음부터 누가 누구를 죽였는지 따위는 중요하지 않은 것 같았다. 사람들은 그저 주연을 증오하면서 스트레스를 풀고 자신의 분노를 세상에 푸는 것 같았다.

어쩌다 증오의 사회가 되었을까.

누군가를 헐뜯고 미워하고 욕지거리를 내뱉으면, 악의적인 소문을 퍼뜨리고 어떤 변명도 들어 주지 않은 채 몰락하는 모습을 지켜보면, 어둡고 불쾌한 구덩이를 점점 더 크게 만들어 누군가를 파묻고 나면, 그렇게 하면 안식이 찾아오는 걸까.

사람들은 시간을 투자해 미워할 대상을 찾아 힘껏 욕을 했다. 그렇게 미워할 대상이 사라지고 나면, 다시 누군가를 미워했던 이들을 향해 손가락질을 해 댔다. 미워하고, 손가락질하며 다시 분노하고, 반성하는 척 또 다른 누군가를 혐오하는 일이 왜 자꾸 반복되는지, 변호사는 이 일을 하면 할수록 더 알 길이 없었다. 마치 누군가를 미워하는 게 본성이기라도 한 듯 평안을 찾기도 전에 다시 분노하는 행태가 잔뜩 엉켜 버린 매듭처럼 복잡하게 느껴졌다.

"방송국에서 연락이 왔었습니다."

변호사의 말에 주연 아빠의 얼굴이 일순 일그러졌다. 주연의 무죄가 확정되자 수많은 방송국에서 연락이 왔다. 모두 주연의 억울함을 풀어 주겠다고 했다. 이미 아무런 죄가 없다는 게 밝혀진 마당에 무슨 억울함을 풀어 주겠다는 건지.

주연 아빠는 언론이 어떤 방식으로 주연을 발가벗겼는지, 어떤 식으로 짓밟았는지 떠올렸다. 그 일을 겪고도 또 방송을 택할 수 있는 사람이 몇이나 될까.

"언론 접촉은 모두 거절합니다."

그들은 여론을 만들었고, 여론에 따라 사람들의 심리도 바뀌었다. 문제는 언론이 여론을 만들기만 하는 게 아니라는 거였다. 어떤 언론은 여론에 따라 움직였다. 사람들이 주연을 비난하는 일이 계속되면 또다시 주연에게 불리한 이야기가 만들어질지 몰랐다. 딸이 다시 상처받는 일은 결코 없어야 했다. 때문에 주연 아빠는 최대한 이목을 끌지 않고 일이 해결되기를 바랐다. 위태로운 딸아이가 그때까지 조금만 더 힘을 내 견뎌 주길 바라면서.

"네. 무슨 말씀이신지 알겠습니다. 그럼 지난번에 말씀드린 대로 경찰 강압 수사 건에 대해서는 그대로 소송 진행하면 되겠습니까?"

변호사의 말에 주연 아빠의 얼굴이 굳어졌다. 잠시 생각에 잠긴 듯 답을 하지 않던 주연 아빠는 큰 결심을 한 사람처럼 굳게 다물었던 입을 열었다.

"저, 변호사님."

"네?"

“진범 찾아 준 형사 말입니다. 제가 그분을 좀 뵙고 싶은데.”

“형사를요?”

# 17

## 신 형사

예, 제가 신지훈 형사입니다만 누구신지?

학교 사망 사건에 관한 일이라면 드릴 말씀이 없습니다. 어디서 나오셨는지 모르지만 돌아가 주세요.

이보세요, 제가 방금 말씀드리지 않았습니까. 지주연 학생 아직 미성년자입니다. 이제 아무 죄도 없고 무죄로 판결 난 사건이에요. 진범은 따로 있는데 왜 지주연 학생 이야기를 묻습니까? 어디서 나오셨어요?

누구시라고요? 지주연 측 변호사요? 아…… 이야기는 전해 들었습니다. 강압 수사 건으로 소송 준비 중이시라고요. 그 일로 찾아오신 겁니까?

글쎄요. 어떤 말을 들으려 오셨다는 건지 짐작이 잘 안 가는데요. 저희 입장을 물으신다면 간단합니다. 범인을 잡기 위해 최선을 다했고 그 과정에서 부족한 부분이 있었다는 점은 인정합니다. 하지만 끝까지 포기하지 않았고 진범을 찾을 때까지 사력을 다했다, 그게 지금 제가 할 수 있는 말의 전부입니다.

소송을 취하하신다고요? 갑자기 왜……. 정말로 지주연 학생 아버지가 그렇게 말씀하셨습니까? 재수사를 해 줘서 고맙다고요? 아, 아닙니다. 실은 처음부터 수사를 제대로 진행하지 않은 것에 책임을 물으실 줄 알았습니다. 오히려 고맙다고 해 주시니 마음이 무겁네요.

예. 안타까운 일이죠. 단순 사고라고 하기에는 너무 안타깝게 한 사람이 사망한 일이고, 무거운 죄라고 하기에는 진범으로 잡힌 피의자 역시 어린 학생이고요. 저도 여러모로 마음 아픈 사건입니다.

지금은 조용해졌지만, 처음엔 기자들도 여럿 찾아왔습니다. 그때마다 똑같이 대답했어요. 취재라면 다른 사건도 많지 않냐고요. 정말 열불 터지는 사건도 많으니까 그런 거 취재하시고 세상에 알려 주시라고요. 학생들은 그냥 좀, 살아가게 둬야 하지 않겠습니까.

저희도 얼마나 심란했는지 모릅니다. 보통 사건도 아니고 학교에서 학생이 목숨을 잃은 사건이었으니까요. 아니나 다

를까, 언론이며 주민들이며 온 세상 사람들 시선이 다 그 사건 하나에 몰리는 것 같았습니다. 그때 언론에서 어떻게 했는지 잊으셨습니까? 아직 밝혀지지도 않은 사건에 기름 부어가며 불난 집에 부채질을 했죠.

예, 맞습니다. 물론 저희 형사들도 책임이 있죠.

어떻게 지주연 학생이 범인이 아닐지도 모른다는 생각을 하게 됐냐고요? 그건 말을 하자면 조금 깁니다.

보통은 아무 죄도 짓지 않은 사람들은 심문하다 보면 티가 납니다. 아, 이 사람은 아니구나 하는 확실한 느낌이 들고요. 그런 사람들은 내가 왜 여기에 와 있는 건지 전혀 모르겠다는 어리둥절한 얼굴을 하고 있습니다. 겁을 먹거나 놀란 기색이 있기는 해도 이게 무슨 일인가 싶은 표정이지요. 그리고 사건에 대해 이야기를 시작하면 깜짝 놀라면서 묻습니다. "제가요?" "아니요, 저는 그 시간에 다른 걸 하고 있었는데요."라든가 "저 진짜 억울해요."라고 하기도 하고 횡설수설하거나 얼굴이 빨개져서 답답해 환장하려고 하죠.

근데 지주연 학생은 꼭 귀신이라도 본 것처럼 멍한 얼굴을 하고서는 "아무것도 기억 안 나는데요." 하는 겁니다. 멀쩡한 기억이 왜 안 난다는 걸까. 놀라거나 흥분하면 그럴 수 있죠. 그렇지만 그런 경우랑은 확실히 달랐습니다. 자기가 피해자인 박서은 학생을 부른 건 맞는데 거기서 무슨 일이 있었는지는 기억이 안 난다고 하더라고요.

피해자를 사망에 이르게 한 벽돌에 지문은 선명히 찍혀 있는데 기억이 안 난다고 하더란 말입니다. 거기다가…… 지주연 학생에 대한 방송까지 방영되고 있었고, 우리 의뢰인은 절대 범인이 아니라던 변호사가 어느 날 안색을 싹 바꾸고는 그만둔다고 하는 겁니다.

꼭 뭐에 씐 것 같았습니다. 지주연 학생이 범인인 게 백 프로 확실하다는 생각이 들더라고요. 네, 그게 문제였습니다. 세상에 백 프로라는 것이 어디 있겠습니까. 백 프로라는 확신이 들 때부터 의심했어야 하는 건데…….

당연히 알고 있습니다. 인터넷을 비롯해서 사람들이 어떤 말을 하고 있는지요. 이번 수사 결과를 두고 진범이 가짜라고들 이야기하더군요. 경찰 수사 내용이 허탈하다고요. 사람들 눈에는 창가에 놓인 벽돌을 가방으로 툭, 그것도 실수로 쳐서 누군가를 죽음에 이르게 했다는 것보다야 지주연 학생이 친구를 미워해서 죽였다는 게 더 그럴싸한 거죠.

생각보다 그럴 때 많아요. 수사하다 보면, 허탈할 때가 많습니다. 사람들은 허무한 결론이 믿기지 않으니까 음모론을 만들어 내고, 누군가 뱉어 낸 음모론은 소문이 되어 돌아다니고, 그렇게 한 다리 두 다리 몇 번 건너다 보면 기정사실이 되고 그런 거죠.

왜, 홍콩 유명 배우는 만우절 날 죽는 바람에 아직도 살아 있다는 소문이 있잖아요. 장례도 치렀고 수사도 종결됐는데 인터넷에서는 아직도 배우가 숨어 살고 있다는 얘기가 떠돌아요. 심지어 직접 목격했다는 사진까지 올라오는데 꽤 그럴싸하다니까요.

지주연 학생 평판이요? 평판 안 좋은 게 사건이랑 무슨 상관입니까. 그 사건은 그냥 사고였어요. 변호사님, 그 사건 진범 아직 안 만나 보셨죠? 기회 되면 한번 만나 보세요. 저는 이번 일로 생각이 많아졌거든요.

웃기지 않습니까? 지주연 학생 측에서는 저희 경찰을 강압 수사로 고소하려 했는데, 사람들은 저더러 그쪽에서 돈을 받아 수사 결과를 조작했다고 한다는 게요. 저는 이러나저러나 나쁜 놈이더라고요.

# 18

## 서은의 집

처음에는 딸과 함께 지내던 공간에 머무를 자신이 없었다. 더는 딸이 돌아오지 못하는 집에, 고개만 돌려도 딸이 있을 것만 같은 그 공간에 머물 자신이 없었다. 그래서 서은 엄마는 밖으로 나가는 일이 잦았다.

밖에서 서은 엄마는 자주 딸을 보았다. 길을 지나가는 학생들은 꼭 서은처럼 웃고 서은과 같은 교복을 입고 있었다. 엄마를 부르는 여학생의 목소리가 자신을 부르는 딸의 목소리로 들렸다.

그래서 서은 엄마는 지나가는 학생들을 붙잡거나 딸의 목소리가 들리는 방향으로 하염없이 걸어가곤 했다. 학생들의 웃음소리나 나란히 걷는 발걸음 소리를 들으면 아무

일 없었던 것처럼 딸이 집으로 돌아올 것만 같았다. 그런 생각이 들 때면 엄마는 집에 하염없이 앉아 서은을 기다렸다.

주연이 처음 집에 찾아왔던 그날.

서은 엄마는 딸에게 가야겠다고 결심했었다. 작은 종이에 한 글자 한 글자 빼곡히 눌러쓴 유서를 남기고 그렇게 딸에게 가야겠다고 마음을 먹었다. 그리고 주연이 찾아와 말했다.

서은을 따라왔노라고.

서은이 자꾸만 자신을 찾아온다는 주연의 말을, 서은 엄마는 어떻게 받아들여야 할지 알 수 없었다. 두 손이 파르르 떨렸고 머리가 핑 도는 것 같았다.

정말로 서은이 주연을 여기까지 불렀을까. 엄마를 붙잡기 위해서, 그러지 말라고 말리기 위해서 주연 앞에 나타난 걸까.

반지하인 서은의 집 창문으로는 길을 걷는 사람들의 발이 보였다. 그런 집에 살게 하는 것이 엄마는 늘 미안했다. 이제 엄마는 딸이 없는 집에서 딸의 발소리가 들릴까 창문만 바라보고 있었다. 그러다 문득 그림자 하나가 창가를 서성이고 있음을 알았다. 그게 주연의 그림자라는 걸 안 서은 엄마는 철렁 내려앉는 가슴을 부여잡고 밖으로 뛰쳐

나갔다.

"……왜 또 왔어?"

서은 엄마는 그 말밖에 할 수가 없었다. 죽은 딸이 보인다는 아이에게 더 무슨 말을 할 수 있을까.

"……가. 여기 누가 있다고 자꾸 찾아오는 거니? 오지 마라. 여기 너 반기는 사람 아무도 없으니까."

서은 엄마가 매정히 돌아서려 할 때, 주연이 서은 엄마의 옷소매를 잡았다. 힘주어 세게 당기는 것이 아니라, 마치 죽어 가는 이가 마지막으로 잡을 수 있는 것이 그뿐이라는 듯한 가여운 손짓이었다. 서은 엄마는 그 손짓에 멈칫, 자리에 멈춰 서야 했다.

"아줌마는 네가…… 싫다. 원망스럽고 미워. 네가 우리 서은이를 죽인 게 아니라고 해도 마찬가지야. 아줌마도 알아. 잘못한 사람은 따로 있지. 그래도 아줌마는 네가 미워. 너를 보면 자꾸만 그 애들 말이 생각나는데 어쩌니. 네가 우리 서은이를 하인처럼 부리고 괴롭혔다는 말이 귀에서 떠나지 않는데. 너만 보면 서은이한테 못 해 준 것만 생각나서, 그래서 아줌마는 너무 힘들어. 안 보고 살 수 있으면 그렇게 하자. 제발, 그렇게 하자. 다시는 찾아오지 마라. 아줌마는 너만 보면 숨통이 막혀서 살 수가 없어."

매몰차게 말하는 서은 엄마 앞에서 주연은 그저 고개를 숙이고 가만히 있었다. 벌을 받는 것처럼, 아무 말도 하지 않은 채로.

"왜 그러고 서 있어? 가라니까."

주연은 찬찬히 고개를 들어 서은 엄마를 쳐다보았다. 미라처럼 메마르고 퍼석퍼석한 서은 엄마의 얼굴을, 주연은 물끄러미 바라보았다. 서은 엄마는 누가 봐도 살아 있는 사람처럼 보이지 않았다. 죽지 못해 산다는 게 어떤 느낌인지 알 것 같았다. 머리카락 한 올마저 윤기를 잃고 빛이라고는 눈동자에서조차 찾아 볼 수 없었다. 그리고 주연은 엄마를 떠올렸다.

엄마는 어땠더라. 흰머리가 보이고 주름도 늘었지만 죽은 사람 얼굴처럼 보이진 않았다. 주연보다 자기 자신을 더 걱정하는 듯한 엄마의 얼굴이 떠오르자 주연은 이상하게 화가 났다.

엄마 생각에 딱딱하게 굳은 주연의 얼굴을 서은 엄마가 바라보았다. 화가 난 걸까. 내가 무슨 죄가 있느냐고, 자기가 서은이를 죽인 게 아니지 않느냐고. 진범이 잡혔는데 억울하게 갇혀 있던 나한테 정말로 할 말이 없느냐고 따져 묻기라도 하려는 걸까. 무슨 말을 하려고 저런 표정을 짓는 걸까. 미간을 찡그리고 주연을 바라보는데, 주연의 입에서 예상과 다른 말이 새어 나왔다.

"…… 잘못했어요."

한 번.

딱 그 한 번이 다였다. 울음을 삼키느라 주연이 어렵게 말을 뱉고 있다는 걸 느낄 수 있었다. 그게 진심이라는 것도.

잘못했다는 울먹임에 서은 엄마의 눈에 눈물이 고였다. 눈물을 흘리고 흘려 몸속 수분이 모두 빠져나간 것 같았는데도 아직 더 흘릴 눈물이 남아 있다는 게 믿기지 않을 정도였다.

"그만…… 집으로 돌아가는 게 좋겠다."

주연을 떠밀듯 말을 내뱉고 뒤돌아서던 서은 엄마의 등 뒤로 주연의 작은 목소리가 들려왔다. 속삭임이나 다름없는 말이었지만 정확히 서은 엄마의 귓속으로 파고들었다.

"저…… 배고파요."

그런 이야기를 왜 여기 와서 하는 거냐고, 그게 나랑 무슨 상관이냐고 말해야 했다. 그도 아니면 아무 말 없이 뒤돌아 문을 닫아 버려야 했는지도 몰랐다. 하지만 서은 엄마는 그러지 못했다. 배가 고프다는 주연의 목소리가 서은의 목소리와 꼭 닮아 있었던 것이다.

딸의 목소리를 들은 것만 같아서, 엄마는 차마 집으로 들어갈 수가 없었다. 목소리가 발목을 붙잡아서만은 아니었다.

서은이 다시 살아 돌아온다면, 딱 한 번만 더 그 아이를 품에 안을 수 있다면, 엄마는 온 힘을 다해 딸을 끌어안고 사랑한다고, 그래서 미안하다고 끝도 없이 말했을 것이다. 그런 뒤 따뜻한 밥을, 서은이 가장 좋아하던 음식으로 가득한 밥상을 차릴 터였다.

바쁘다는 이유로, 고된 식당 일로 지쳤다는 핑계로, 때로는 돈이 부족하다는 이유로, 엄마는 너무 자주 서은에게 부실한 밥을 먹인 것만 같았다. 그게 늘 마음에 걸렸다. 딸아이가 숟가락 가득 밥을 퍼먹는 걸 볼 수만 있다면, 한 번만 더 그 모습을 볼 수 있다면 서은 엄마는 죽어도 여한이 없을 것 같았다.

"밥…… 안 먹었니?"

주연은 천천히 고개를 끄덕였다. 그 끄덕임에는 학교에서 밥을 먹을 수 없는 수십 가지 이유가 모두 들어 있었다. 아이들이 속닥이는 소리 때문이고, 언제 또 죽은 서은이가 보인다고 할까 호기심에 쳐다보는 시선 때문이고, 밥을 먹으면 목구멍으로 밥이 넘어가냐고, 밥을 먹지 않으면 죽은 친구 제사를 지내는 거냐고 비아냥거리는 손가락질 때문이고, "야, 그러다가 귀신 붙으면 어쩌려고 그래."라며 깔깔깔 웃어 대는 소리 때문이라고 말할 수는 없었으니까.

서은 엄마는 그 자리에서 잠시 망설였다. 냉장고에 먹을 게 있을 리 없었다. 서은 엄마는 서은이 죽고 제대로 된 밥을 먹어 본 적이 없었다. 입이 바싹 말라 목이 타들어 갈 때쯤 물 한 모금 마시는 게 전부였다. 그러다 서은 엄마를 걱정해 가끔씩 안부를 물어 오는 사람들 때문에 억지로 한두 끼니 먹으며 하루하루를 간신히, 아슬아슬하게 살아가는 게 전부였다. 온기를 잃은 사람은 살아도 사는 것이 아니었으므로.

"다음에…… 다음에 다시 와. 아줌마가…… 지금은 자신이 없다."

# 19

## 슈퍼 사장님

저짝에, 그 엄마 있잖아. 왜 학교에서 잘못된 딸……. 그래, 그 집 엄마가 엊그제 다녀갔잖아. 딸 그렇게 보내고 나서 사람이 살았는지 죽었는지 알 길이 있나. 뭘 해 먹고 사는지 여기 슈퍼도 오는 일이 없었다니까. 한참 안 보여서 혹시 또 어떻게 됐나 하고 얼마나 마음이 쓰이던지. 오죽하면 내가 빵이랑 바나나 같은 거 한두 개씩 두고 오고 그랬다니까.

아유, 나도 살기 팍팍한데 매일은 못 하고 가끔 생각날 때마다 주고 오고 했어. 딸 먼저 보낸 엄마가 밥해 먹을 정신이 있겠어? 그래도 살려면 먹어야 하니까, 밥은 못 해 먹어도 뭐라도 먹었으면 하고 그런 거지. 요 며칠 통 못 가 봤는데 걱정하던 와중에 그 집 엄마가 다녀가서 한시름 놨지, 뭐.

쌀이랑 달걀이랑 두부랑 그런 걸 사 가더라니까. 아휴, 마음 같아서는 계산 안 하고 그냥 들고 가라고 하고 싶었지. 그 집이 밥을 해 먹는다고 생각하니까 내가 눈물이 막 나려고 했대도.

밥을 해 먹는다는 게 보통 의미가 아니거든. 그냥 밥 한 끼 먹는 걸로 무슨 호들갑을 떠냐고 할지 모르겠지만, 밥을 먹는다는 거는 살겠다는 거거든. 안 그래? 쌀 씻어야지, 물 맞춰 밥통에 넣어야지. 반찬 만드는 건 손이 좀 많이 가?

짐승도 죽기 전에는 곡기부터 끊어. 그러니 그 엄마가 밥 해 먹을 찬거리 사 가는데 세상에, 죽은 사람이 살아 돌아온 것마냥 기분이 이상하더라니까.

왜긴. 세상 사람들은 다 잊어도 나는 그 집 못 잊어. 그 집 딸이 얼마나 야무지고 착했는지 몰라. 사람들이 그 집 남편 일찍 죽고 딸까지 먼저 보냈다고 박복하다 박복하다 하는데, 그거 아무것도 모르고 하는 소리야. 그렇게 복 많은 여자도 없어.

그 집 딸 있지? 생전에 그렇게 착한 애를 내가 본 적이 없어. 그렇게 예쁘고 고운 딸 낳아 살았으니 복 많은 집이지.

사춘기니 공부니 해 가면서 제 부모한테 예쁜 말 하는 애들이 어디 있는 줄 알아? 다들 저만 힘들고 저만 잘났지. 제

부모들 고생하는 건 눈에도 안 보여. 아주 부모를 호구로 보고 못 잡아먹어서 안달이지 아주.

아빠가 밖에서 뼈 빠지게 일해 오면 고마워하긴커녕 돈도 많이 못 벌면서 무슨 애를 낳았냐 그러고, 슈퍼 일 하는 엄마 부끄럽다고 그래. 엄마가 못 배워서 이런 코딱지만 한 슈퍼나 하고 있는 거라면서. 누가 그런 싹수없는 말을 하냐고?

니미. 우리 딸년이 그런다, 딸년이. 뻑 하면 저 시험 기간이라고 시끄럽다고 공부 좀 하게 조용히 있으라고 그러지, 뻑 하면 용돈 올려 달라고 그러지. 너 학원비에, 문제집에, 용돈 올려 줄 돈이 어디 있냐고 하니까 글쎄, 그러게 왜 능력 없는 남자 만나서 결혼했냐고 묻더라. 세상에 원. 내가 기가 막혀서. 어디 아빠한테 능력이 있니 없니 그딴 말을 하냐고 한 소리 했더니, 자기가 틀린 말 했냐면서 따박따박 대들어.

나도 정말 다 때려치우고 싶은 날이 하루 이틀이 아니야. 딸이라고 하나 있는 게, 저 하나 보고 엄마 아빠 사는 줄도 모르고…… 아유, 주책이지. 서러워서 내가 눈물이 난다니까.

서럽다 서럽다 생각하니까 더 서럽더라고. 몸 망가지는 줄도 모르고 저 하나 예쁘게 키웠더니, 왜 이리 부족하게 해 주냐고 그러잖아. 세상에 TV에 나오는 것처럼 사는 사람들이 몇이나 된다고, 다 그렇게 사는 줄 아는 거야.

딸이랑 허구한 날 그렇게 싸워 대니까 잠도 못 자고 신경질은 나 죽겠고. 대체 내가 왜 이렇게 살아야 하나 답답하더라고. 그래도 어째. 먹고는 살아야 하니까. 마음 같아서는 그냥 다 때려치우고 어디 멀리 도망가고 싶은데, 그래도 살아야 하니까 또 여기 나와서 계산을 했지. 그날 그 집 딸이, 내 손을 이렇게 꽉 잡아 주더라고.

아줌마 손이 왜 이렇게 차가워요, 하면서 배시시 웃어 주는데 지금 생각해도 내가 눈물이 나, 눈물이. 그날도 내가 주책맞게 울먹울먹하니까 그 집 딸이 그러는 거야. 아줌마 힘드시죠? 말을 얼마나 예쁘게 하는지. 자기도 어디 편의점에서 알바한다면서 여기서 나랑 한참을 얘기하고 갔어. 내가 처음으로 그 집 딸한테 우리 딸 고민도 털어놓고, 힘들다고 하소연도 해 봤다니까.

유통 기한 얼마 안 남았지만 먹는 데는 지장 없다고 챙겨 주면 또 그걸 안 잊고 잘 먹었다는 인사를 꼭 했다니까. 나랑 얼마나 친했는데. 내가 잠도 통 못 자고 힘들다고 하니까 갱년기인 것 같다고, 인터넷에서 갱년기에 좋은 음식 찾아봤다고 메모도 해서 주고. 내가 아프든 말든 관심도 없는 우리 딸이랑은 영판 달랐다니까.

그래서 내가 그랬어. 그 집은 얼마나 복이 많으면 저렇게 참

한 딸을 두고 살까, 하고. 박복한 건 그 집이 아니라 나야, 나.

자기, 그 집 어딘지 알지? 가는 길에 이거 바나나 좀 전해 줘. 누가 보냈냐고 하면 딸 친구가 보냈다고 해. 나는 정말 그 집 딸이랑 친구였거든. 친구.

# 20

## 다시 서은의 집

어째서 주연은 다시 이곳에 서 있는 걸까.

학교에 가야 할 시간이었지만 주연은 학교 대신 서은의 집 앞에 서 있었다. 얼마나 지나면 '다음'이 될까. 서은의 집을 다녀온 날 주연은 매일같이 그 생각을 했다. 서은 엄마가 말했던 다음은 언제일까.

주연은 왜, 왜 하필 서은 엄마에게 가서 밥을 달라고 했을까. 집으로 가도 되고 용돈으로 사 먹을 수도 있을 텐데 어째서 주연은 자꾸만 서은이네로 향하는 걸까.

그저 숨이 막힌다는 생각을 했던 것 같다. 그도 아니면 살고 싶다는 생각을 했는지도 모른다.

집이나 학교에서 주연은 자주 목이 졸리는 것 같은 기

분에 사로잡혔다. 엄마의 한숨 소리와 아빠의 고함 소리가 들려올 때, 주연은 귀를 틀어막고 싶었다. 차라리 엄마 아빠가 싸우는 소리가 들리는 게 나을 때도 많았다. 마치 아무도 존재하지 않는 듯 무겁고 둔탁한 침묵이 온 집을 짓누르고 있을 때는 아무것도 먹지 않아도 구토가 밀려오곤 했다.

서은의 집은 1층에서 계단을 통해 아래로 내려가야 했다. 때문에 서은의 집은 언제나 햇살의 반대쪽에 있는 것만 같았다. 그림자가 깊어 어두운 곳, 그 계단 끝에 낡은 현관문이 보였다. 내려가 볼까 말까 고민하던 주연의 시선 끝에 조그마한 쇼핑백 하나가 보였다.

**- 서은이의 친구로부터**

바나나가 든 쇼핑백에 작은 쪽지가 붙어 있었다. 서은에게 좋은 친구가 남아 있다는 사실에 안도하면서 동시에 슬퍼졌다. 왜 그런 기분이 들었던 걸까. 주연은 아직도 서은을 자신만 가져야 하는 친구라고 생각하는 걸까.

아니다. 주연이 그런 생각을 한 까닭은, 주연에게는 그런 친구가 서은뿐이었기 때문이다. 주연은 단 하나뿐이던 친구를 잃은 것이 서글펐다.

초인종은 아무리 눌러도 울리지 않았다. 고장 난 초인종이 마치 서은의 집에 아무도 찾아오지 않는다는 증거처럼 느껴졌다.

똑똑똑.

여러 번 노크를 해도 안에서는 인기척조차 들리지 않았다. 주연은 손톱을 물어뜯으며 벽에 등을 기댔다. 이제 어디로 가야 하지. 주연은 우주에 버려진 쓰레기처럼 오갈 데 없이 둥둥 흘러가고 있었다.

주연은 한참이나 벽에 기대어 있다 다시 한번 노크를 했다. 이번에는 조금 더 간절함을 담아 세게 똑똑똑. 그때 안쪽에서 인기척이 들리더니 철컥, 문이 열렸다.

"누구세요?"

끝이 갈라져 쇳소리가 나는 목소리였다. 주연은 열리지 않을 거라 여겼던 문이 열려 당황한 마음에 허둥대고 말았다.

"이, 이거……."

당황한 건 서은 엄마도 마찬가지였다. 그토록 매몰차게 다시는 보고 싶지 않다고 이야기했기에 주연이 더는 찾아오지 않을 거라 생각했다. 서은 엄마는 낮은 한숨을 내쉬고는 주연을 바라보았다.

"……이거 네가 가져온 거니?"

"아, 아니요."

주연이 고개를 저으며 말했다. 서은 엄마는 쇼핑백을 내려다보았다. 서은이 떠난 후, 현관 앞에 가끔 이런 메모가 붙은 음식들이 놓여 있곤 했다. 서은이의 친구, 라는 메모 앞에서 서은 엄마는 가슴이 미어지는 것만 같았다.

처음 이런 걸 받았을 땐 딸아이의 이름이 쓰인 봉투를 멍하니 바라보았다. 누가 보냈을까. 서은의 다른 친구일까. 그렇게 딸아이 생각을 끝도 없이 하던 엄마였다. 그러다 어느 날은, 서은이 엄마를 잘 부탁한다는 이야기를 했을지도 모르겠다는 생각이 들었다. 서은은 한참 어릴 때부터 엄마를 걱정하던 아이였다. 생각이 거기에 미치자 딸아이가 보면 속상해할까 봐, 울음을 토해 내며 봉투에 담긴 음식을 입에 밀어 넣곤 했다.

서은 엄마는 주연이 내미는 쇼핑백을 받아 들었다. 그리고 문을 닫으려다 멈칫, 현관문이 완전히 닫히기 전에 멈추었다.

만약 서은 엄마가 또 서은이 보이느냐고, 서은이 불러서 여기까지 왔느냐고 물었다면 주연은 아니라고 대답했을 거였다. 그냥 아줌마가 걱정이 돼서, 툭 치면 모래성처럼 부서질 것만 같아서 찾아왔다고 솔직하게 말했을 터였다. 하지만 서은 엄마는 그런 걸 묻지 않았다.

"밥은…… 먹었니?"

주연은 고개를 저었고 서은 엄마는 들어오라는 말 대신 현관문을 활짝 열었다. 잠시 주저한 주연이 현관 안으로 한 걸음 들어섰다. 서은이 방문을 열고 "주연아, 우리 집엔 어쩐 일이야?" 하고 물을 것만 같았다. 순간 서은이 이 세상에 존재하지 않는다는 사실이 꿈처럼 느껴졌다.

"잠깐 있을래?"

서은 엄마는 마음이 바빠졌다. 무슨 정신으로 밥을 했는지 모르겠다. 된장을 풀어 두부를 넣고 된장찌개를 끓이고, 당근과 양파를 넣어 달걀말이를 했다. 며칠 전, 주연이 다녀간 뒤 배가 고프다는 주연의 말이 왜 그리 마음에 걸렸는지 모르겠다. 서은 엄마는 다시는 주연이 찾아오지 않을 거라 생각하면서도 슈퍼에 가서 간단한 찬거리를 샀다. 누군가 왜 그랬느냐고 물었다면 아마도 서은 엄마는 대답하지 못했으리라.

밥을 내자 주연이 허겁지겁 숟가락을 들었다. 숟가락으로 밥을 한 움큼 떨고는 계란말이를 올려 가득 입에 넣었다. 입속에 든 음식들을 다 씹어 삼키기도 전에 된장찌개를 밥에 비볐고, 젓가락을 내려놓을 새도 없이 바삐 움직였다. 아주 오랫동안 굶은 사람처럼.

서은 엄마는 주연이 밥을 먹는 모습을 보며 마치 서은이 살아 돌아온 것 같은 착각이 들었다. 그래선 안 된다고, 다른 아이에게서 딸의 모습을 찾아서는 안 된다고 스스로 다그쳐 봤지만, 서은 엄마는 잃어버린 작은 물건을 찾듯 주연의 모습에서 서은의 모습을 샅샅이 찾고 있었다.

그 순간 누구도 말하지 않았지만 주연과 서은 엄마는 알고 있었다. 두 사람 모두 앞으로 이 시간을 계속 떠올리게 되리라는 것을.

# 21

## 담임 선생님

주연아. 점심은 먹었니? 아…… 안 먹었구나. 입맛이 없어? 그래도 밥은 먹어야지. 어디 아프거나 그런 건 아니지?

저기 주연아, 혹시 엄마가 나랑 통화했다고 안 하시니? 아, 그런 말씀 없으셨어?

쌤이 널 부른 건 다른 게 아니고…… 음, 너랑 얘기를 좀 하고 싶어서. 우리 반 애들이랑 다 이야기를 했는데, 너랑은 안 해 봤잖아.

다시 학교 다니는 데 힘든 건 없니? 불편한 거라든지 어려운 점이라든지. 예상은 했지만 정말 아무 말 안 하는구나……. 아, 참. 너는 어떤 음식 좋아해? 쌤이 학기 초에 우리 반 애들이랑 약속한 게 하나 있는데, 각자 좋아하는 메뉴 골라서 그 메뉴 나오는 날에는 쌤이랑 같이 밥 먹기로 했거든.

쌤은 너희랑 밥 먹는 게 그렇게 좋더라. 인스타에 학교 급식 메뉴 올리고, 또 밥 먹으면서 그 메뉴 맛집 추천도 받고, 뭐 그러는 거지. 우리 학교 조리사 쌤들 손맛이 또 최고잖아. 어지간한 맛집은 못 따라올 정도로.

좋아하는 음식 없어? 아…… 좋아하는 게 없구나. 그래, 그럴 수 있지.

그럼 두루치기 어때? 오늘 두루치기 나왔는데 진짜 맛있더라. 쌤이 두루치기 엄청 좋아하거든. 상추에 밥이랑 두루치기 올리고 쌈장 넣고 김치 올려서 싸 먹으면 밥 한 그릇 비우는 건 일도 아니잖아.

너 내 인스타 안 봤지? 한번 보여 줄까? 봐 봐. 맛집이란 맛집은 안 가 본 데가 없어. 어떤 사람은 맛집 웨이팅 시간 길다고 싫어하잖아. 근데 쌤은 그런 곳일수록 더 기다리고 싶어져. 웨이팅이 길잖아? 그럼 막 오기가 생긴다? 어디 얼마나 기다리나 보자, 어떻게 해서든 먹고 말겠어, 그런 거. 내가 다른 건 몰라도 기다리는 건 엄청 잘하거든. 자신 있어.

그러니까…… 주연이 너도 좋은 사람들이랑 맛있는 거 먹고 싶은데 어디로 가야 할지 잘 모르겠을 때 쌤한테 물어봐. 알겠지? 너한테는 쌤이 진짜 찐맛집으로 리스트 공유해 줄게.

쌤이 이렇게 말 거는 거 불편하진 않지? 실은 너랑 친해지고 싶은데 무슨 말을 어떻게 해야 할지 잘 모르겠는 거야. 그래서 밤새 뒤척이면서 생각한 게 이 정도다? 내 노력을 봐서라도 가끔 나랑 이렇게 이야기할 수 있겠어? 당장 너한테 무슨 말을 하라고 그러는 건 아니고. 그냥, 내 이야기만이라도 들어 줄 수 있나 해서. 주연이가 내 이야기 들어 준다고 하면, 쌤은 매일 밤마다 너랑 무슨 이야기를 나누면 좋을까 기대하면서 잘 수 있을 것 같아. 불편하게 생각하지 말고. 아까 말했잖아. 나 기다리는 거 엄청 잘한다니까.

그래서 말인데, 있잖아 주연아. 네가 힘들 수도 있는데 쌤이랑 약속 하나만 할 수 있을까? 급식에 두루치기 나오면 같이 먹는 거, 괜찮……을까? 정말? 너 방금 고개 끄덕인 거지? 약속하는 거다.

# 22

## 주연의 엄마

시댁에서 전화가 왔다. 결혼 이후 남편은 시댁과 거리를 두었다. 남편은 돈을 보내는 것으로 아들 노릇을 다했고 시댁은 돈을 받음으로써 시댁 노릇을 하지 않겠다고 약속이라도 한 것 같았다.

그랬던 시어머니가 전화를 걸어 온 것이다. 생면부지처럼 지내던 시어머니의 전화에 주연 엄마는 불편함을 느꼈다. 시어머니는 주연을 데리고 시골로 한번 내려왔으면 하는 눈치였다.

"그 먼 곳을 어떻게 가요. 주연이 고등학생이라 바빠요."

"할머니가 돼서 뭐 하나 해 준 것도 없고…… 그냥 밥 한 끼 차려 먹이고 싶어서 그런다. 안 되겠니?"

시어머니의 목소리는 조심스럽고 간절했다. 남편이 어렸을 적 형편이 어려웠다는 걸 수도 없이 들어 알고 있었다. 시어머니는 아직도 그 어렵던 시절처럼 밥 한 끼 든든하게 먹으면 다라고 생각하는 걸까. 그저 밥 밥 밥. 목구멍으로 음식물 넘어가는 일이 뭐 그리 대단한 일이라고 밥 한 끼 먹이려 그 먼 곳까지 오라는 걸까. 평소의 주연 엄마였다면 귀찮다는 투로 "집에서도 충분히 잘 해 먹어요."라고 말했을 터였다. 하지만 이어진 시어머니의 말에 주연 엄마는 울컥하는 마음을 숨기려 입술을 깨물어야 했다.

"너는 괜찮니?"

누군가에게 괜찮냐는 물음을 들은 게 얼마 만이더라. 세상이 무너져 내린 이후 처음 듣는 안부였다. 괜찮냐는 한마디에 주연 엄마는 자신이 괜찮지 않았음을 깨달았다.

주연에게 말해 보겠다며 서둘러 전화를 끊고 나서도 한동안 주연 엄마는 그 감정에서 헤어날 수 없었다.

"저녁은 그냥 간단히 샐러드 먹고 학원 가. 계속 앉아 공부하는데 밥 많이 먹으면 졸리기만 하고 엉덩이에 살이나 붙지. 탄수화물 뭐 그리 몸에 좋다고."

굶어 죽은 귀신이 붙은 것도 아닌데 왜들 그렇게 밥 밥 거리는지 이해가 안 되던 때였다.

하지만 지금 주연 엄마는 다른 무엇보다 주연의 끼니가 걱정되었다. 시어머니의 전화로 인해, 주연 엄마는 비로소 밥의 의미를 깨달았는지도 모른다. 밥은 말로써 다 하지 못하는 마음이었다는 걸.

그렇기에 오늘은 주연을 데려와 밥을 먹여야겠다고 생각했다. 밖에서 사 먹는 게 아니라 직접 요리를 해 식탁에 마주 보고 앉아 다정히 먹고 싶었다.

학교 앞에서 주연을 기다리는 동안 엄마는 오랜만에 가슴이 쿵쿵 뛰었다. 주연을 먹일 생각에 설레었고, 음식을 만드는 내내 기쁘기까지 했다는 걸 딸아이가 알까. 진심은 통한다고 했는데, 어쩌면 딸아이가 어린 시절처럼 엄지를 세워 줄 수도 있지 않을까. 아니다. 너무 큰 욕심일지 모른다. 그저 식탁에 앉아 밥 한 숟가락이라도 먹어 준다면 그것으로 족할 터였다. 아주 작은 걸음일지라도 결국엔 좋아질 테니까.

저 멀리 딸이 걸어 나왔다. 비쩍 마른 몸으로 터벅터벅 걷는 모습이 아슬아슬해 보였다. 엄마는 딸을 부르려고 손을 흔들었지만 주연은 엄마를 보지 못했다. 마치 약속에 늦기라도 한 듯 서두르는 발걸음이었다.

어딜 가는 거지?

그러고 보니 주연은 학교를 마치면 곧장 집으로 오지 않았다. 학원은 끊은 지 오래였다. 어디 있다가 늦은 저녁에야 집으로 오는 걸까. 주연 엄마는 문득 궁금해졌다.

오로지 딸을 알기 위해서 뒤따른 길이었다. 그 길 끝이 죽은 아이의 집일 거라고는 상상도 하지 못했으니까.

주연 엄마는 결코 서은의 집을 잊을 수 없었다. 주연이 갇혀 있던 때에 주연 엄마는 뭐라도 해 보려 서은의 집을 찾았었다. 돈이 필요하면 달라는 대로 주겠다고, 무릎을 꿇으라면 꿇고, 이마를 땅에 박으라면 박겠다고, 무슨 짓이든 시키는 대로 다 할 테니 우리 주연이 좀 살려 달라고 애원하기 위해서였다.

하지만 주연 엄마는 서은의 집 현관문조차 두드릴 수 없었다. 주연 엄마의 발치에 놓인 서은의 집 창문에서 울음소리가 새어 나왔기 때문이다. 그저 서글픈 울음소리가 아니었다. 억울해 가슴을 두드리는 소리가 아니었다. 그래, 그건 사람의 소리가 아니었다.

하나뿐인 딸을 잃고 세상 모든 것을 잃은 어미의 짐승 같은 절규였다. 가슴이 찢어지고 세상이 무너져 내린 참혹하고 끔찍한 소리였다. 그 소리를 듣는 것만으로 주연 엄마의 심장이 조여들었다. 세상을 잃은 사람에게 내 딸을 도와 달라고 말할 수는 없었다. 그건 사람이 할 수 있는 일이 아니었다.

주연 엄마의 귓가에 아직도 그날의 절규가 들리는 듯했다. 하지만 이번에는 작은 창문에서 울음소리 대신 두런대는 말소리가 흘러나왔다. 주연과 서은 엄마가 대화를 나누는 소리였다. 그 소리는, 절규 같던 울음소리보다 더 주연 엄마의 가슴을 후벼 팠다. 그래, 그 소리는 울음소리보다 훨씬 더 끔찍했다.

# 23

## 서은의 엄마

무슨 일이신지…….

누구신지 말 안 하셔도 압니다. 주연이 어머니시잖아요. 방금 나갔으니까 곧바로 가시면 만날 수 있을 거예요.

주연이가 왜 여길 오는 건지 저한테 묻지 말고 딸한테 직접 물으세요. 저는 여기 오라고 한 적 없습니다.

오늘 처음 온 거 아니에요. 주연이 여기 오기 시작한 지 며칠 됐어요. 처음에는 저도 가라고, 여기가 어디라고 오냐고 매정하게 굴었어요. 그런데 애가 와서 잘못했다고 벌벌 떠는데 안쓰럽더라고요. 그래, 어린 네가 무슨 잘못이 있니. 가슴으로는 도저히 용서가 안 되는데 머리로는 이해해야 한다 싶었어요.

주연이가 우리 집에 처음 찾아온 날, 저 그때 유서 쓰고 있었어요. 네. 죽으려고요. 더 이상 살아도 사는 것 같지가 않아서. 애 아빠 먼저 보내고 서은이만 보면서 살았어요. 서은이는 저한테 그냥 딸이 아니었어요. 서은이는…… 내 전부였어요.

그런 애가 죽었는데, 그저 사고로 목숨을 잃은 거라는데 믿기지가 않았어요. 이렇게 살면 뭐 하나, 무슨 미련이 남았다고 이렇게 버티고 있나 싶었어요.

그렇게…… 죽으려는데 주연이가 찾아왔더라고요. 서은이가 여기까지 자기를 데려왔다고. 내 딸이 보인다는데, 주연이한테 왜 그런 걸 보냐고, 그러면 안 된다고 말 못 했어요. 서은이는 잘 있냐고 묻고 싶더라고요.

우리 딸, 우리 서은이…… 죽어서도 엄마 걱정하는 우리 착한 서은이……. 그 애를 볼 수만 있다면, 그럴 수만 있다면 내가 무슨 짓이든 못 하겠어요?

주연이를 이용하는 거냐고요? 왜요. 그러면 안 됩니까? 내 딸 죽인 게 주연이가 아니라고 해서, 주연이가 서은이에게 한 짓들이 다 용서되는 건 아니에요.

알아요. 방송에 나온 얘기가 전부 사실이 아닐 수도 있겠죠. 사람들이 한 인터뷰의 절반이 과장된 소문일 수도 있어요. 근데…… 설령 그게 다 거짓이라고 해도, 당신이 그렇게 말할 자격은 없는 거 아닌가요?

당신, 한 번이라도 내 딸한테 사과한 적 있어? 너 혼자 힘들었겠다, 아줌마가 미안하다, 좋은 친구로 남았어야 하는데 이렇게 돼서 유감이다, 한 번이라도 말해 보려 한 적, 아니 그런 생각이라도 한 적 있냐고. 사람이 양심이 있으면 이렇게 못 찾아오지.

산 사람은 살아야 한다고? 어떻게 그런 말을 해! 내 딸은 죽었고 당신 딸은 살았다 이거야? 주연이가 그날 학교로 우리 서은이 부르지만 않았어도, 주연이가 한 번만 뒤돌아서 가 봤어도, 그것도 아니면…… 서은이가 전화 안 받는다고, 혹시 우리 서은이 어디 있는지 아냐고 내가 전화했을 때…… 학교 뒤에서 만났었다고 나한테 한 번만 말해 줬어도…… 우리 서은이 안 죽었어.

당신 딸 이제야 겨우 학교 다니기 시작했는데 왜 건드리냐고? 귀한 당신 딸이 왜 이딴 곳에 있다가 가냐고? 그게 사람이 할 소리야? 당신 딸, 당신한테나 귀하지 나한테는 아무것도 아니야. 감히 여기가 어디라고 찾아와서 지껄여.

왜, 내가 당신 딸한테 몹쓸 짓이라도 할까 봐 겁나? 내 딸 억울하게 죽었을 땐 거들떠보지도 않더니 당신 딸은 털끝 하나 잘못되기라도 할까 봐 겁이 나 죽겠지?

무슨 말이긴. 당신이 이따위로 찾아와서 나 건드리면 나도 당신 딸한테 무슨 짓을 할지 모른다는 뜻이야. 왜, 내가 못 할 것 같아? 하나 있는 딸 먼저 보낸 엄마 눈에 뵈는 게 있을 것 같아? 내 딸 복수다 생각하면 무슨 짓을 못 해? 다 해. 나는 죽는 것도 안 무섭고 이깟 삶에 미련도 없어.

뭐 하는 거예요?

지금 뭐 하는 거냐고 묻잖아요. 갑자기 무릎 꿇고 반성하는 척하면 뭐가 달라진다고. 애원하지 마요. 구차하고 비루해 보이니까.

우리 서은이 그 차가운 바닥에 혼자 누워서…… 그 어린 게 얼마나 애타게 기다렸겠어. 엄마가 올 거라고…… 얼마나 오래 기다렸을 거야. 얼마나…… 아프고…… 얼마나 무서웠을 거야.

이제 다시는 찾아오지 마요. 그땐 나도 내가 무슨 짓을 할지 모르니까.

# 24

## 주연의 집

주연 엄마는 무슨 일이 있어도 단정히 제 모습을 가꾸는 사람이었다. 밥을 굶는 한이 있어도 곱게 화장을 했고 집 안이라고 해서 옷차림을 대충 하지 않았다. 운동할 때를 제외하고는 언제나 구두를 신었다. 아름답게 꾸미고 단정한 자세를 유지하는 것, 그건 주연 엄마가 아주 오래전부터 유지해 온 습관이자 태도였다.

그런 주연 엄마가 던져진 빨랫감처럼 널브러져 있었다. 현관에는 구두가 아무렇게나 내팽개쳐져 있었고 복도에는 핸드백이 떨어져 있었다. 마치 아이들이 가지고 놀다가 훌쩍 떠나 버린 것처럼 열린 가방 주위로 립스틱과 자동차 열쇠가, 지갑과 휴대폰이 사방에 나동그라져 있었다. 그보다 서너 발짝 뒤에 주연 엄마가 바닥에 누워 있었다. 볼썽사나울 정도로 화장이 번진 얼굴은 너무 많이 울어 퉁퉁 부은 채였다. 그 모습을 본 주연 아빠는 아내가 정신을 잃고 쓰러진 줄 알고 소스라치게 놀라 달려왔다.

"어떻게 된 거야? 당신 괜찮아?"

남편의 부름에도 주연 엄마는 넋이 나간 얼굴이었다. 주연 아빠는 구급차를 부르기 위해 서둘러 휴대폰을 들었고, 주연 엄마는 남편이 전화를 걸기도 전에 휴대폰을 빼앗아 저 멀리 던져 버렸다.

"뭐 하는 짓이야?"

그때 현관문이 삐리릭 열리고 주연이 들어왔다. 어지러운 복도를 보고 잠시 멈칫하던 주연에게 갈라진 엄마의 목소리가 들려왔다.

"뭐 하다 이제 와?"

주연은 언제나처럼 엄마의 물음에 답하지 않았다. 늘 그랬듯 아무것도 들리지 않는 것처럼 방으로 들어가려 몸을 틀었을 뿐이었다. 그런 주연의 발걸음을 멈춘 건 "엄마가 하는 말 안 들려?"라고 소리치는 아빠의 신경질적인 목소리가 아니었다. 그건 지치고 힘없는 목소리로 중얼거리듯 말하는 엄마의 목소리였다.

"서은이 집에서 뭐 했니."

서은이라는 말이 주연의 귓가를 스쳤을 때, 걸음을 멈춘 주연의 심장이 요동쳤다.

"집에서는 한마디도 안 하면서, 서은이 엄마한테는 무슨 말을 그렇게 했니?"

이제 주연은 고개를 돌려 엄마를 바라보았다. 흐트러지고 무너진 엄마를 바라보며 주연은 다시 화가 나려 했다.

"이게 다 무슨 소리야? 서은이 집이라니? 지주연, 너 똑바로 말해. 그 애 집에 갔었어?"

흥분한 아빠가 큰 소리로 물었지만 주연은 여전히 엄마만 바라보았다. 엄마가 서은의 집에 왜 갔을까. 거기서 무슨 말을 했을까. 설마 서은 엄마에게 이상한 말을 한 건 아니겠지. 또 무슨 잘못을 한 건 아니겠지.

엄마는 지치고 고돼 보였다. 손가락으로 툭, 치면 당장이라도 쓰러질 듯 아슬아슬해 보였다. 주연은 그런 엄마의 모습을 보는 게 슬프면서도 이상하게 기뻤다. 언제나 꼿꼿이 서 있던 엄마가 무너져 내린 게 슬펐고, 동시에 엄마를 무너뜨릴 수 있는 사람이 자신이라는 사실이 기뻤다. 사랑하는 마음이 없으면 무너지지 않았을 테니까.

"지주연 똑바로 말해. 네가 그 집에 왜 가? 거기서 뭐 했어?"

아빠가 다시 으르렁대며 거칠게 물었다.

"아빠가 묻잖아. 거기서 뭐 했냐고!"

"……밥."

"뭐?"

"밥 먹었어."

그 말을 듣고 아빠는 분노가 치밀었다. 밥을 먹었다고? 죽은 친구 집에 가서, 그것도 널 살인자로 만든 그 집에 가서 밥을? 내가 어떻게든 너를 살리려고 아등바등하는 동안, 그 집에 가서 하하 호호 밥을 먹었다고? 아빠는 도대체 이해할 수가 없었다.

"네가 거지야? 뭐가 모자라서 그 집에 가서 밥을 먹어?"

"……배고파서."

주연의 말에 아빠는 딸 앞으로 성큼 걸어갔다. 그러고는 딸의 어깨를 세게 그러잡고 낮고 무거운 목소리로 말을 뱉었다.

"너 언제까지 이럴 거야? 징징대는 것도 하루 이틀이야. 네가 죽을병 걸렸어? 진범 나왔고 누명 벗었어. 도대체 언제까지 이럴 거냐고!"

"……."

"그깟 정신력으로 어떻게 살아가려고 그래? 사람들이 다 널 오냐오냐 봐줄 것 같아? 그래서 어떻게 밟고 일어설 건데?"

아빠의 물음에 주연은 꼭 누군가를 밟아야 하냐고 묻고 싶었지만 아무 말도 하지 않았다. 아빠에게 반항하는 것이 두렵다거나 아빠 말이 맞아서 그런 것이 아니었다.

이야기해 봐야 아무 말도 듣지 않으리라는 걸 알아서였다. 늘 그렇다. 아이가 입을 다무는 건 어른들이 듣지 않을 것임을 알기 때문이다. 오로지 그 이유 때문에 입을 다무는 건데도 어른들은 왜 아무 말도 하지 않느냐고 다그쳤다.

"한 번만 더 그 집에 가면, 다시는 집 밖으로 못 나갈 줄 알아. 학교고 뭐고 다시는 못 나가. 알아들어?"

"……갈 거야."

"뭐?"

"서은이 집에…… 갈 거라고."

주연이 아빠의 눈을 똑바로 바라보고 있었다. 주연의 눈에 눈물이 가득 고였다. 아빠는 화가 난 딸의 눈을 보며 직감할 수 있었다. 지금 멈추지 않으면 절대로 멈추지 못할 거라는 사실을.

"당신, 내일 당장 주연이 유학 알아봐."

"유학 안 가."

"가."

"안 가."

"지주연!"

"배고파 죽겠는데!"

아빠가 소리치자 주연이 더 큰 목소리로 대꾸했다. 그건 살려 달라는 외침이었고, 물에 빠져 허우적거리는 이가 살기 위해 매달리는 간절한 손길이었다.

"다른 데서는…… 밥을 못 먹겠어. 음식만 보면 역겨워서 토할 것 같아. 아빠, 나 진짜 배고파……. 죽을 것 같아. 그러니까 서은이 집에 가게 해 줘. 나 아줌마 만나야 돼."

"네가 왜 그 집에서 밥을 먹어?"

"그래야, 그렇게라도 해야…… 서은이한테 미안하지가 않으니까."

"지주연. 정신 안 차려? 네가 왜 그 애한테 미안해? 미안해해야 하는 건 네가 아니라 그 애야. 그 애 때문에 네가 살인자 누명 쓰고 온 세상 사람들한테 손가락질받으면서……."

"아니야, 아빠. 내가…… 내가 서은이 죽인 거 맞아."

주연이 울음을 터뜨렸다. 고였던 눈물이 흘러나왔고 입에서는 꺽꺽대는 울음이 새어 나왔다. 말하지 않으면 터질 것 같던 마음이 견디다 못해 뻥, 폭발하고 말았다.

"그날…… 사실은…… 사실은 서은이한테 전화 왔었어. 서은이가…… 살려 달라고 나한테 전화를 걸었는데 내가 안 받았다고."

"……그게 무슨 소리야?"

주연은 어린아이처럼 소리 내어 울었다. 서은이 죽고 무슨 일이 있었느냐는 물음에도 기억나지 않았던 이유, 어쩌면 정말로 자신이 서은을 죽였을지도 모르겠다고 생각했던 이유, 내내 자신을 괴롭혔던 일이 처음으로 주연의 입 밖으로 나오고 있었다.

주연이 떠나고 서은이 사고를 당한 날. 주연은 서은을 빼앗겼다는 생각에 화가 나 있었다. 서은이 죽어 가고 있을 거라고는 상상도 하지 못했다.

그랬기에 그날 애처롭게 울리던 전화를 주연은 받지 않았다. 여느 때처럼 서은이 미안하다는 말을 하기 위해 전화를 걸었다고 생각했다. 그때 주연은 서은의 이름이 뜨는 휴대폰을 바라보며 서은의 마음을 더 힘들게 하고 싶다는 생각을 했다. 그래서 전화를 받지 않았다. 그뿐이었다. 서은이 자신을 더 소중하게 여겨 주기를, 예전처럼 둘도 없는 친구인 양 주연의 곁으로 돌아와 주기를 바랐다.

그리고…….

벽돌에 맞아 정신을 잃고 사경을 헤매던 서은은 마지막 힘을 짜내 휴대폰에 손을 뻗어 통화 버튼을 눌렀다.

119나 112를 눌렀더라면, 간절히 자신을 기다리고 있을 엄마에게 전화를 걸었더라면, 서은은 살았을까. 어째서 그 마지막 순간에 서은은 주연에게 전화를 걸었을까. 그저 간신히 손끝에 닿은 휴대폰에서 최근 통화 목록에 가득 차 있던 이름이 주연이었기 때문일지도 모른다. 어쩌면 서로의 휴대폰 1번은 꼭 서로여야만 한다고 우기던 주연의 고집 때문에 손끝에 닿은 번호였던 1번으로 전화가 연결됐을지도 모른다. 그도 아니면 손에 닿는 대로 아무렇게나 누른 것이 우연히 주연의 전화로 연결됐을 수도 있다.

아니다. 어쩌면 그 모든 것이 다 아닐 수도 있다.

서은은 가장 위급한 때에 주연이 떠올랐을 것이다. 아무 말 하지 않아도 반드시 자신을 구하러 달려와 줄 친구가.

# 25

## 정신과 의사

제수씨, 오랜만입니다. 잘 지내셨죠? 그동안 여러 일 많았는데 연락 한 번 제대로 못 했습니다. 그래도 일이 잘 풀려서 정말 다행입니다.

네. 주연이 아빠한테는 아무 말도 안 할 테니까 편하게 말하세요.

그러니까 주연이가 죽은 친구를 본다는 말씀이시죠? 혼잣말을 한다는 게 혼자서 말을 중얼거리는 식인가요 아니면 대화를 주고받는 식인가요?

대화를 주고받는다라……. 그러니까 제수씨 말은 주연이가 스스로 질문을 던지고 대답을 하는 방식이 아니라, 죽은 친구와 주연이가 확실히 대화를 나누는 것 같다, 이거죠?

아직 검사를 진행하지 않아 정확하게 말씀드리기 어렵습니다만, 솔직히 말하자면 좋은 상황은 아닙니다. 그 정도면 조현병도 의심되는 수준이거든요. 환각과 환청이 이미 시작됐다면 심각한 상태가 맞다고 봐야죠.

제가 주연이를 직접 보고 싶은데. 병원에 데려오는 것을 추천 드리고…… 아니요, 제수씨. 주연이가 미쳤다는 게 아니라, 아프다는 겁니다. 질병이에요. 아니요, 진정하고 들어 보세요.

주연이가 조현병일 가능성은 매우 낮습니다. 조현병은 어떤 심리적인 이유가 원인이 되어 나타나는 경우는 극히 드물어요. 오히려 뇌에 이상이 생겨서 발병하는 경우가 대부분이죠. 그래서 조현병은 원인이 유전적 요인이라고 보기도 하거든요.

아니요. 그렇다고 환경적인 요인이 전혀 영향을 끼치지 않는다, 이렇게 명확히 선을 긋기도 어렵습니다. 분명 어느 정도는 작용을 하기도 하니까요.

확실한 건 MRI와 CT를 찍어 보고 혈액 검사나 SPECT, 뇌파 검사까지 종합적으로 해 봐야 알 수 있습니다.

제수씨, 아시다시피 주연이가 처한 상황이 워낙 특수했고 스트레스가 극심하지 않았습니까. 일시적일 가능성이 커요. 심리 치료와 약물 치료를 병행하면 충분히 좋아질 수 있어요. 최대한 빨리 치료를 시작해야 합니다. 그럼요. 치료할 수 있죠.

가장 좋은 건 입원 치료입니다. 가장 필요한 순간에 정확한 치료를 할 수 있을 테니까요. 아, 물론 입원 치료가 더 좋을 경우에만 권할 테니 너무 걱정하지 마시고요.

그대로 두실 경우 더 악화될 가능성이 높습니다. 아마도 환각 환청에 이르기 전에 분명 다른 초기 증상을 보였을 겁니다. 예를 들면 얼굴에 표정 변화가 없어졌다든지, 사람이 불러도 크게 반응하지 않는다든지, 혼자 있고 싶어 하고 스스로를 고립시킨다든지 하는 수많은 방식으로요. 사람들이 흔히 귀신에 씌었다 그런 말을 하는데, 그런 것은 아니고 극심한 스트레스 상황에서 버티다가 이렇게 됐을 가능성이 더 높거든요.

서둘러 치료해서 정상적인 생활이 가능하게 만들어야죠. 집에 가서 상의해 보시고 바로 연락 주세요. 시간이 그리 많지 않다는 점만 알아 두시고요.

# 26

## 두루치기

살려 달라고 말하듯 한참 동안 울음을 토해 내던 주연은 기력이 다해 까무룩 잠이 들었다. 그날 밤 주연은 잠이 드는 순간에도 다시는 눈뜨지 않기를 바라고 있었다. 영원히 잠든 채 깨어나고 싶지 않았다.

하지만 눈을 뜨고 싶지 않았던 그날 밤. 마치 약속이나 한 듯 서은이 주연의 침대 옆으로 다가왔다. 잠이 깬 주연은 서은 때문에 다시 잠들 수 없었다. 다시 잠들지 못했기에 눈을 뜨지 않길 바랐던 바람도 이루어지지 못했다.

"내가 원망스럽지?"

"……."

"그래서 맨날 찾아오는 거잖아. 그때 전화만 받았어도

살았을 거라고, 그 얘기 하고 싶은 거잖아."

"……."

"왜 아무 말도 안 해?"

서은은 대답하지 않았고 주연은 한숨을 내쉬었다. 그렇게 아침이 올 때까지 서은은 주연 곁을 지켰고 주연은 밤을 지새워야 했다.

아침이 찾아오자, 주연은 마치 쫓기는 사람처럼 집을 나섰다. 엄마 아빠가 밤새 무슨 이야기를 어떻게 나누었을지 겁이 나서였다. 물론 그 이유만으로 서둘러 학교에 간 건 아니었다.

학교에 다시 다니기 시작한 후로 주연은 누구보다 빨리 교실에 가 앉아 있었다. 그게 다른 아이들의 시선을 훨씬 덜 받을 수 있었으니까. 책상에 엎드려 자는 척을 하거나 이어폰을 끼고 노래를 듣거나 그도 아니면 그저 창문을 바라보고 있었다. 그러면 어느새 하나둘씩 등교해 자리에 앉은 아이들이 요란하게 떠들어 댔고 그 소리는 주연의 존재감을 묻히게 만들었다. 다른 사람들 눈에 띄지 않고 최대한 조용히, 있는 듯 없는 듯 지내는 것에 주연은 이제 익숙해지려 하고 있었다.

"주연아, 쌤이랑 한 약속 안 잊었지?"

"네?"

담임이 오랜만에 만난 친구라도 되듯 반갑게 말을 걸어 왔다.

"오늘 점심에 두루치기 나온대."

그저 귀찮아서 고개를 끄덕였을 뿐이다. 언제 두루치기가 나올지도 알 수 없었던 데다, 얼마 전에 두루치기가 나왔다고 했으니 다시 나오려면 한참 걸릴 거라고 생각했다. 고작 며칠이 지나 두루치기가 다시 나올 줄은 몰랐다.

"이따 보자."

선생님이 주연의 어깨를 한번 두드리고 떠나자 주연은 한숨을 내쉬었다. 선생님과 밥을 먹으며 무슨 말을 할까. 그깟 밥 한 끼 같이 먹는 게 무슨 의미가 있다고. 도대체 선생님이 알고 싶은 게 뭘까.

분명 "힘든 건 없니?"라고 묻겠지. 어쩌면 "괜찮아?"라거나 "학교생활은 어떠니?" 같은, 의미도 없고 필요도 없는 질문을 던질지도 몰랐다. 어떤 질문이 됐든 주연은 아무 말도 하지 않겠다고, 어떤 것도 선생님이 알아낼 수 없게 할 거라고 다짐했다. 입을 다물고 모른 척하다 보면 어느 날 선생님도 지치고 말 테니까.

하지만 주연의 생각은 오산이었다. 담임은 한 번도 주연에게 괜찮냐거나, 별일은 없냐거나, 학교생활은 어떠냐는 질문을 하지 않았다. 대신 우리 반 누구는 김치찌개를 좋아하는데 급식에는 김칫국만 나와서 그때 같이 밥을 먹는다는 둥, 누구는 무슨 아이돌을 좋아한다는 둥, 학교 정문에 꽃이 폈다는 둥 궁금하지도 않은 이야기들을 늘어놓았다.

"근데 주연아, 너 왜 아무것도 안 먹어?"

주연은 한 입도 먹지 못했다. 입안이 까끌거리고 혓바늘이 돋은 듯 불편해 먹을 수가 없었다.

"……이런 거 먹으면 뭐가 달라져요?"

"달라지라고 먹는 거 아니야."

"……."

주연과 선생님은 가만히 서로를 바라보았다. 어쩌면 주연은 선생님에게서 자신이 겪은 어른들과 다른 점을 찾고 있었는지도 몰랐다. 자신을 믿어 주지 않았던 변호사들과 경찰들, 재판정에 섰던 날들과 홀로 있던 시간들이 여전히 두껍고 단단한 껍데기가 되어 주연을 감싸고 있었다.

"……저 두루치기 안 좋아해요."

"그래도 하나 알았네. 네가 두루치기 안 좋아하는 거. 그럼 다음엔 잔치국수 같이 먹자. 좋아하는 거 생길 때까지. 어때?"

# 27

## 조리사의 손녀

아, 진짜 싫다.

너희는 점심시간이 좋지? 나는 점심시간이 너무 싫어. 왜긴, 우리 할머니 여기 조리사로 있잖아.

나는 세상에서 남 간섭하는 걸 제일 싫어하거든? 나 하나 살기도 바빠 죽겠는데 남이야 어떻게 살든 말든 신경 쓰고 싶지가 않아요. 근데 우리 할머니는 정확히 나랑 반대다 이 말씀.

그 귀신 보는 애, 너도 알지? 나는 진짜 걔가 귀신을 보든 사람을 죽였든 아무 관심이 없거든? 관심 가지고 싶지도 않고. 어차피 졸업하면 그만인데 내가 왜 그런 애까지 신경 써야 하냐고. 그랬더니 우리 할머니가 아주 쌩난리를, 난리를.

"사람이 혼자 사는 기 아니다. 다른 사람한테 힘이 돼 주믄, 내가 힘들 때 반드시 다른 사람들이 내를 돕는 기라." 어쩌고저쩌고. 무슨 명언집인 줄.

아니, 들어 봐.

2학년 국어 쌤이 영양사 쌤한테 두루치기를 해 달라고 했다는 거야. 그 쌤이 귀신 보는 애 담임인데, 두루치기가 나오면 같이 먹기로 약속을 했대. 걔가 급식실 귀신 사건 이후에 학교에서 밥을 못 먹는다나 어쨌다나. 그거 민폐 아니냐? 어떻게 걔 하나 때문에 급식 메뉴를 바꿔 달라고 해?

나는 진짜 민폐라고 생각하거든? 근데 우리 휴머니즘 할머니가 급식 메뉴 바꿀 거 없다고, 손녀 먹인다 생각하고 자기가 조금 해 오겠다고 그랬다는 거야. 할머니 진짜 손녀는 여기 있는데 대체 누굴 먹이겠다는 건지.

참 나. 할머니가 나더러 그러는 거야. "니도 귀신 보는 아가 무섭나. 니도 손가락질하고 다니나." 그래서 내가 그랬지. 할머니, 저는 공부하느라 바빠서 관심도 없고 신경도 안 써요. 그랬더니 할머니가 뭐라는 줄 아냐?

"시상에 공부가 다가 아닌 기라. 매일같이 그래 공부만 하믄 뭐 하노. 다른 사람 위할 줄을 모르는데, 그기 아무것도 못 배워 가 무식하던 옛날이랑 다를 바가 뭐가 있노. 공부를 했으면 마음 씀씀이도 넓어져야 하는 기라."

아니, 솔직히 말이야 바른말이지, 욕하는 애들보다야 그냥 무시하고 신경 끄는 내가 훨씬 낫지 않냐? 너희도 그렇게 생각 안 해? 뒤에서 사람 욕하고 다니고 괜히 이상한 소문에 휩쓸려서 없는 말 지어내고 그런 애들이 문제인 거지. 나는 그냥 선량하게 내 할 일 하고 조용히 남한테 신경 끄고 살겠다 이건데, 뭐가 문제냐고.

우리 할머니 완전 보살이잖아. 뭐라더라.

"살아 보믄 욕하는 사람들은 딱 요만큼뿐인 기라. 대부분은 아무 말도 안 하고 묵묵히 사는 사람들뿐이다. 근데 우째서 욕하는 사람들이 많아 보이냐 카믄, 꼭 욕하는 놈들이 눈에 띄게 티를 내서 안 글라. 믿어 주는 사람들은 그냥 티도 안 나게 지켜보기만 하고. 그라니까 티를 내 줘야 한다. 여기 니를 믿는 사람도 있다, 이래. 그라믄 죽을 사람도 산다카이. 그기 사람 살아가는 세상인 기라."

우리 할머니가 아직도 이렇게 순진하다니까. 남 걱정 해 줄 거 다 해 주고 믿어 줄 거 다 믿어 주면 나는 언제 공부하고 언제 성공하니? 아유. 벅차다 벅차, 정말.

급식실 갈 때마다 할머니가 눈치 줘서 죽겠다니까. 우리 할머니 내 성적은 알고 그러나 모르겠다.

# 28

## 밥 한 끼

서은의 집으로 향하는 발걸음이 무거웠다. 주연은 거의 발을 질질 끌다시피 하며 걸어왔지만, 차마 들어가지 못하고 주변을 맴돌고 있었다. 엄마가 다녀갔으니 서은 엄마가 자신을 반기지 않을지도 몰랐다. 주연은 서은 엄마가 화를 낼까 봐, 그래서 다시는 오지 말라고 할까 봐 겁이 났다.

주연은 서은이 떠난 뒤, 죽을 만큼 괴로워하고 그리워하는 사람은 자신과 서은 엄마 둘뿐이라는 교만한 생각을 하기도 했다. 하지만 서은 엄마가 차려 주는 밥을 먹고 서은에 대한 이야기를 나누면서 주연은 오히려 자신이 서은 엄마에게 위로받고 있음을 깨달았다.

"맛있니?"

"맛있어요. 서은이도 잡채 좋아했는데……. 학교에서 잡채 나오면 되게 좋아했어요."

"서은이가…… 잡채를 좋아했구나."

서은 엄마는 슬픈 표정으로 식탁을 멍하니 바라보았고 주연은 그런 서은 엄마를 바라보았다. 서은이 잡채를 좋아했다는 걸 서은 엄마는 몰랐을 수도 있다. 서은이 말하지 않았을 테니까.

급식에 나오는 잡채는 언제나 조금씩 불어 있었지만 서은은 그래도 맛있다고 했다. 그렇게 맛있으면 엄마한테 좀 해 달라고 해, 라고 주연이 퉁명스럽게 말하면 서은은 고개를 저으며 말했다.

"그거 재료 다 사려면 비싸. 그리고 만드는 데 손이 얼마나 많이 가는데. 괜히 잔치 음식이 아니라니까. 되게 힘들어, 이거 하나 만드는 거."

엄마가 힘들까 봐 잡채를 만들어 달라고 하지 않은 딸. 좋아한다고 하면 엄마 마음이 아플까 봐 좋아하는 음식조차 말하지 않은 딸. 엄마는 그런 딸의 이야기를 들을 때마다 해 주지 못한 것들만 생각났고, 서은에게 기댈 수 없는 엄마였던 것만 같아 가슴이 미어졌다.

서은 엄마는 주연이 찾아와 서은의 이야기를 해 주는 것이 좋았다. 주연이 서은에 대한 이야기를 해 주면 서은 엄마는 언제나 눈물을 흘렸다. 그러면서도 고맙다고 말했다.

하루 한 끼.

서은의 집에서 밥을 먹는 시간은 주연에게 숨통이 트이는 시간이었고 서은을 추억하는 시간이었다. 그래서 주연은 그 시간이 좋았다. 살아 있고, 살아가고 있음을 느끼는 유일한 시간이었으니까.

"왜 안 들어오고 그러고 있어?"

언제 온 걸까. 서은 엄마가 먼저 문을 열고 주연을 불렀다. 다시는 오지 말라고 할까 봐, 화를 낼까 봐 긴장하고 있던 주연은 서은 엄마의 목소리에 안도의 숨을 내쉬었다.

"들어가도…… 돼요?"

서은의 집은 평소와 똑같으면서도 어딘가 달랐다. 뭐가 달라진 걸까, 생각하던 주연의 눈에 식탁이 들어왔다.

식탁 위에는 언제나처럼 음식이 올라와 있었지만 오늘은 그전보다 훨씬 풍족했다. 반찬 가짓수만 많아진 것이 아니었다. 꽃게찜과 갈비찜, 새우튀김과 갈치구이까지, 한눈에 보아도 비싸고 손 많이 가는 음식들이 가득 놓여 있었다. 도무지 둘이 먹기에는 말이 안 될 정도로 많은 양이었다. 누가 또 오는 걸까.

"배고프지? 어서 먹어."

식탁에 앉았지만 주연은 어느 음식에도 선뜻 손이 가지 않았다. 이상하게 평소보다 긴장감이 감도는 탓이었다.

"안 오면 어쩌나 걱정했어."

"……."

"엄마 왔다 가셨어."

서은 엄마의 입에서 '엄마'라는 말이 나오는 순간 주연의 등에 솜털이 곤두섰다. 잔뜩 긴장한 주연은 어떤 말을 어디서부터 꺼내야 할지 몰라 횡설수설 대답했다.

"제가, 제가 사과할게요. 엄마가 아줌마한테 무슨 말을 했는지 모르겠는데요…… 제가 다 사과할게요. 정말 죄송해요. 그러려고 그런 게 아닌데……."

"무릎 꿇고 비시더라."

"……네?"

내 딸이 왜 이딴 곳에 오냐던 주연 엄마는 서은 엄마의 절규에 무릎을 꿇고 두 손을 모아 빌었다. 미안하다고, 잘못했다고.

"제가 다 잘못해서 그렇게 된 거예요. 제가 부족해서, 제가 못나서 그런 겁니다. 그러니까 우리 주연이한테 그러지 마세요. 제발 부탁입니다, 제발."

두 손을 모아 빌던 주연 엄마는 딸이 자신을 미워한다고 말했다. 최선을 다한다고 했는데 그게 잘못이었던 것 같다고, 엄마가 밉고 집이 싫어서 친구에게 하면 안 되는 짓까지 한 것 같다고 말하며 울고 또 울었다.

주연의 가슴속에 알 수 없는 소용돌이가 휘몰아쳤다. 꿀렁이는 배에 탄 것처럼 멀미가 나서 당장이라도 토할 것만 같았다.

"엄마가 밉니?"

서은 엄마의 물음에 주연은 잠시 말이 없었다. 엄마가 미웠던가? 그게 아니면 엄마에게 사랑받고 싶어서 화를 내고 있었던 걸까.

"……저는 늘 부족한 딸이었어요. 나 같은 건 차라리 없는 게 낫지 않을까…… 싶을 만큼."

"어째서?"

"엄마는 제가 없어도 되거든요."

"이 세상에…… 쉽게 엄마가 된 사람은 아무도 없어. 모든 엄마가 목숨을 걸고 아이를 낳아. 아이는 태어나는 순간부터 목숨을 빚지는 거고."

"……."

"그런데 주연아. 아기는 그런 엄마한테 웃어 주는 것으로 빚을 다 갚아."

"……네?"

서은 엄마는 울먹이는 주연을 보며 서은을 생각했다. 서은은 늘 착한 딸이었다. 그 어린 게 착한 딸 노릇을 하느라 다른 애들 다 하는 고집 한 번, 신경질 한 번을 부린 적이 없었다. 서은 엄마는 그게 너무 미안했다. 너무 일찍 철이 들게 해서. 응석 한 번 못 부리는 아이로 자라게 해서.

서은 엄마는 가슴에 묻은 딸을 다시 한번 떠올렸다. 그 작고 보드랍던 아이가 언제 그렇게 빨리 자랐을까. 깔깔 소리를 내며 웃던 입과 웃을 때면 동그랗게 드러나던 광대, 토라질 때면 흥 소리를 내며 돌리던 고개와 엄마, 엄마 끝도 없이 부르던 목소리, 머리를 묶으면 삐쳐 나오던 잔머리와 폭 안기던 품, 잠을 잘 때면 작은 손으로 엄마 손가락을 꼭 쥐던 아이는…… 영원히 곁에 있을 것만 같았던 그 아이는 이제 없었다.

"아기가 웃어 주면 이 아기가 와 줘서 고맙다, 싶거든. 그러고는 다 잊어버려. 이 아이를 낳느라 얼마나 아팠는지, 얼마나 무서웠는지, 얼마나 힘들었는지. 전부 다 잊는 거야. 너희 엄마도 마찬가지일 거야. 그러니까 엄마한테 부족한 딸일까 봐 걱정할 필요 없어."

주연이 끝내 울음을 참지 못하고 터뜨렸다.

"서은이도 그랬어요. 걱정하지 말라고, 괜찮다고……. 저한테 서은이는 그냥 친구가 아니었어요. 서은이는…… 저한테 위로하는 방법을 알려 주는 애였고…… 사랑을 알려 준 유일한 사람이었어요."

서은 엄마는 서은이 주연에게 사랑을 알려 준 유일한 사람이었다는 게 슬프면서도 기뻤다. 그런 아이를 잃었다는 게 슬펐고, 그런 아이를 더 안아 주지 못했다는 게 아팠으며, 그런 아이를 더는 볼 수 없다는 사실에 무너졌다. 그럼에도 서은이 다른 이에게 사랑을 알려 줄 수 있는 아이였다는 게 기뻤다.

"주연아, 아줌마는 네가 너무 미웠어. 불쌍한 내 새끼 네가 괴롭힌 것 같아서, 그런데도 서은이가 너를 친구랍시고 믿기만 한 것 같아서. 내가 그렇게 키운 것 같아서 너만 보면 아줌마는 미워 죽을 것 같았어."

서은 엄마에게 주연은 딸과 친한 고마운 아이였다가, 딸을 죽인 원수였다가, 죽이고 싶을 만큼 미운 아이였다. 그리고 지금 서은 엄마에게 주연은 그저 한 아이일 뿐이었다. 살아야 하고, 살리고 싶은 아이.

주연 엄마가 다녀간 날 서은 엄마는 밤새 눈물을 흘렸

다. 세상 무서울 것 없다는 듯이 굴던 주연 엄마가 무릎을 꿇고 빌었을 때, 한 아이의 엄마가 무너져 내리는 모습을 마주했을 때, 서은 엄마는 속이 후련하기는커녕 가슴이 미어졌다.

서은 엄마는 주연과 밥을 먹으며 서은의 흔적을 찾아 왔다. 서은에 대한 이야기를 들었고 주연의 모습 속에서 딸을 발견했다. 서은이 살아 있다면, 살아 있다면. 자꾸만 미련을 품었고 주연을 서은 대신으로 여기기도 했다.

주연 엄마에게 딸을 잃은 이 지옥 같은 기분이 어떤 건지 알게 해 주고 싶다는 섬뜩한 생각도 했다. 서은에 대한 복수를 하고 나서 이 세상을 훌쩍 떠나 버릴까 싶었다가 웃고 있는 딸아이의 사진을 보며 하염없이 울고 또 울기도 했다.

서은에게 부족한 엄마였지만 부끄러운 엄마가 되고 싶지는 않았다. 그래서 서은 엄마는 아침 일찍 시장에 가 장을 보고 서둘러 음식을 했다. 서은을 다시 만난다면 해 주고 싶었던 음식들을 빠짐없이 차렸다. 그렇게 딸아이에게 마지막 인사를 하고 싶었다.

"주연아…… 이제 서은이 보면 안 된다."

"……."

"서은이가 찾아오거든 오지 말라고 해. 이제 오지 말라고……."

서은 엄마가 어떤 심정으로 그런 말을 한 건지 주연은 감히 짐작조차 할 수 없을 것이다. 죽은 아이의 영혼이라도 보고 싶어 하던, 딸을 미칠 듯 그리워하던 엄마가, 심장을 뜯어내는 고통으로 다른 누군가의 아이를 위해 할 수 있는 전부였을 테니까.

# 29

## 주연의 엄마

오늘 병원 다녀왔어요. 주연이 병원에서 치료받아야 한대요. 어쩌면 입원해야 할지도 모르고요. 몸이 아니라 마음이 아프대요. 마음이 너무 아파서 머리까지 아파진 거고. 무슨 말인지 모르겠어요?

주연이가 아프다는데, 당신은 그게 왜 말 같지도 않아요? 왜요? 당신 딸은 아무리 힘들어도 병이 나고 아프면 안 된다는 거예요? 정신 차려요. 대체 누굴 밟고 올라서라는 건데요. 애가 미쳐 가고 있는데 당신은 아직도 성공, 성공, 그놈의 성공 타령. 도대체 뭘 어떻게 해야 성공하는 건데요?

당신 말대로, 아니 내 말대로 공부하고 버티고 또 버텼더니, 봐요. 우리 주연이가, 내 딸이 어떻게 됐는지. 얼굴에 표정 하나 없는 괴물이 됐다고요. 힘들어 죽을 것 같아도 힘들다고 말도 못 하는 애로 만들었다고. 당신이랑 내가 주연이를 그렇게 만들었다고요.

그럴 리 없다고요? 괜찮아질 거라고요? 당신…… 정말 언제까지 그럴 거예요? 애가 죽은 친구가 보인다잖아. 죽은 애랑 말을 하고, 죽은 애랑 눈을 맞춘다고! 그런데도 당신은 아니라는 소리가 나와요?

당신 친구한테 가서 들은 소리니까, 못 믿겠으면 직접 물어봐요. 나는 주연이가 이렇게 망가지는 꼴 더는 못 지켜보니까.

네. 정신 병원에 갈 거예요. 치료하라면 하고, 입원하라면 할 거예요. 왜 못 해요? 주연이가 괜찮아질 수만 있다면 병원보다 더한 것도 해.

당신 말이 맞아요. 주연이가 이렇게 된 거, 나 때문이야. 주연이가 이렇게 되는 동안 괜찮아지겠지, 내 딸이 그럴 리가 없겠지, 언젠가는 돌아와 주겠지, 시간이 지나면 다 좋아지겠지! 그런 안일하고 바보 같은 생각으로 시간만 보냈으니까.

치료하면 좋아진대요. 어떻게 해서든 치료받을 거예요. 사람들 입에 오르내리지 않게 최대한 조용히 다녀올게요. 병원에서 받으라는 치료 다 받고 나면, 주연이 정상으로 돌아올 거야. 전부 다, 원래대로 돌려놓을 거예요.

# 30

## 가정이 무너지는 소리

절대로 무너질 리 없다고 여겼던 가정이 무너지는 소리는 언제나 이런 고함 소리였다. 상대에게 상처를 입히기 위해서, 자신이 옳다는 걸 증명하기 위해 말로 상대를 난도질하고 악을 쓰는 소리들. 그리고 말의 흉포함을 고스란히 견뎌야 하는 건 언제나 아이들 몫이었고, 이번에도 주연은 홀로 견디고 있었다.

아니다. 주연은 견딘 적이 없었다. 그저 눈에 보이지 않게 조금씩 쓰러지고 말라 갔을 뿐. 주연은 오랜 가뭄에 시들어 가는 식물처럼 비틀거렸다. 엄마 아빠의 분노는 매번 그렇게 주연의 목을 조였다.

“전부 다, 원래대로 돌려놓을 거예요.”

"돌려놓긴 뭘 돌려놔! 우리 집은 한 번도 무너진 적 없고, 돌려놓을 것도 없다고."

"아니, 무너졌어. 당신만 그걸 인정하지 못할 뿐이야."

"주연이 괜찮아. 이겨 낼 수 있다고 몇 번을 말해!"

그때 방문이 스르르 열리더니 주연이 모습을 드러냈다. 여전히 지친 얼굴이었지만 예전처럼 멍하거나 어디를 보는지 알 수 없는 초점 없는 눈은 아니었다. 그보다 훨씬 분명하고 생생한 눈으로 엄마와 아빠를 쳐다보고 있었다.

"나…… 힘들어."

주연이 말을 하고 있었다. 제발 무슨 말이라도 해 보라고 애원할 때에도 한마디도 하지 않던 딸이, 힘들다고 말을 하고 있었다. 그게 얼마나 큰 변화인지, 주연 엄마는 주연의 목소리를 들었다는 사실이 기적같이 느껴졌다. 엄마는 놀라 입을 막았다. 울음이 쏟아질 것 같았다.

아빠는 힘들다는 딸아이를 놀란 눈으로 바라보았다. 어떤 일이 있어도 힘들다고 표현하지 않는 아이였다. 그런 딸이 힘들다고 말하는데, 억장이 무너지는 기분이 들지 않는 부모가 어디 있으랴. 아빠는 짧은 순간 딸아이를 안고 도망치고 싶어졌다. 하지만 도망친 다음에는? 그다음에 뭐가 있지?

어떤 어려움도 돌파하지 않고, 이겨 내지 않고 지나갈 방법은 없었다. 도망치는 일은 그저 잠깐의 안식을 줄 뿐 아무런 도움도 되지 않을 터였다. 이번에 도망가면 그다음은 버틸 수 있을까? 아니. 도망은 도망을 부를 뿐이었다. 평생 딸아이가 힘들다고 할 때마다 도망 다니게 할 수는 없었다. 때문에 주연 아빠는 또다시 주먹을 쥐고 어금니를 깨물며 죽을힘을 다해 버티기로 마음먹었다.

"너 힘든 거 알아. 엄마도 힘들고 아빠도 힘들어. 지금 우리 가족 중에 안 힘든 사람 아무도 없어. 다들 죽을힘을 다해 버티는 거야. 그러니까 너도 버텨."

"……못 하겠어."

"왜 못 해? 버텨. 너는 그냥 버티기만 하면 돼. 나머지는 아빠가 알아서 다 할 테니……."

"아니. 더는 못 해, 아빠."

주연은 아까보다 더 또렷한 눈으로 아빠를 바라보았다. 눈물이 그렁거리는 그 눈을 보는 순간, 아빠는 말문이 막혀 어떤 말도 하지 못했다.

"다섯 살 때 이후로 한 번도 괜찮았던 적 없어. 늘 숨이 막혔어. 나는 한참 모자라서 저 바닥에 있는데 엄마 아빠는 내가 저 꼭대기에 있다고 착각했으니까. 내가 있는 곳이 꼭대기가 아니라는 걸 들키면 안 될 것 같았어. 그래서 아등바등 꼭대기에 있는 척 살았어. 근데 아빠…… 나는 한 번도 그 높은 곳에 올라가고 싶은 적이 없었어. 아빠가 원하는 그 꼭대기는 나한텐 그냥 아슬아슬한 낭떠러지일 뿐이라서 매일같이 한 발짝만 더 떼면 죽을지도 모른다는 생각으로 살았어. 근데…… 서은이랑 있으면 괜찮았어. 서은이가 낭떠러지 앞에 서 있는 내 손을 잡아 줬어. 떨어지지 않을 거라고, 자기가 곁에 있어 줄 거라고, 그러니까 걱정하지 말라고 해 줬어. 나한테 서은이는 그런 사람이었어. 단순한 친구가 아니라 은인이고 가족이고 내 유일한…… 동아줄이었어."

주연의 입에서 서은이라는 말이 나왔을 때, 주연 아빠는 마치 지갑을 도둑맞은 것처럼 화가 치밀어 올랐다. 주연이 제 앞에서 다시 입을 열었다는 기적의 기쁨은 온데간데없었다. 어리석은 이들이 그러하듯, 언제나처럼 기적은 당연해지기 시작했다.

"서은이, 서은이, 서은이! 또 그 기집애 얘기지. 도대체 언제까지 그럴 건데? 걔는 죽었어. 그것도 네가 죽였다는 누명까지 씌운 채로 죽었다고. 걔만 아니었어도 네가 이렇게 될 일 없었어. 우리 가족이 이렇게 풍비박산 날 일도 없었을 거고, 네가 미친 사람처럼 귀신을 보는 일 따위도 없었을 거라고."

"내가 불렀어."

"……너 방금 뭐라고 그랬어?"

"내가 서은이 불렀다고. 죽어서라도 내 옆에 있어 달라고. 아무도 날 믿어 주지 않던 날에, 무서워서 미칠 것 같던 날에 서은이를 부르고 또 불렀어."

"너 정말……."

"엄마 아빠 나 믿어 준 적 있어? 엄마 아빠도 내가 서은이 죽였다고 생각했잖아. 적어도 엄마 아빠는 날 믿어 줬어야지. 다른 사람들이 다 날 못 믿어도, 내가 날 믿지 못할 때도, 엄마 아빠는 날 믿어 줬어야지. 그랬으면, 한 번이라도 믿어 줬으면…… 내가 서은이를 부를 일은 없었을 거아니야."

"지주연!"

"이 집에서 내가 마지막으로 언제 웃었는지 기억은 나? 힘들다고…… 미치겠다고, 죽을 것 같다고!"

"뭐가 어쩌고 어째? 내가 너 하나 잘 키우자고 어떻게 살았는데, 뭐?"

아빠가 발악하듯 소리를 지르더니 책상 위 책들을 밀어

냈다. 책들이 요란한 소리를 내며 바닥으로 쏟아졌다. 다시는 세울 수 없는 무언가가 무너지듯이.

"정신 똑바로 차리고 살아! 매일매일 지옥 속에서 살아남으려고 아등바등 애써 보라고. 배가 부르니까 귀신 같은 걸 보지, 살 만하니까 죽겠다는 소리가 나오지. 뭐? 죽을 것 같아? 정말 죽을 것 같은 게 뭔지 보여 줘?"

아빠는 자신의 어린 시절을 떠올렸다. 물에 빠진 듯, 잠시라도 한눈을 팔면 가라앉아 죽을 것만 같던 시절을 떠올렸다. 살고 싶고, 살아남고 싶었던 지난날들을.

그래서 아빠는 화가 났다. 이렇게 좋은 환경에서, 이렇게 능력 있는 부모 아래 자라는 게 얼마나 큰 행운인지 알지 못한 채 힘들다고 징징대는 딸을 보는 게 견디기 힘들 만큼 화가 났다.

아빠는 시뻘겋게 핏대가 선 눈으로 딸아이를 바라보며 한 걸음씩 주연에게 다가갔다. 아빠의 머릿속에서 그만두라고, 당장 멈추라는 신호를 보내왔다. 한 발짝만 더 내디디면 자신의 아버지가 어린 자신에게 그랬듯이 주먹을 휘두르고 고함을 지를 것임을 예감했기에.

하지만 아무리 머리가 신호를 보내도 걸음은 멈춰지지 않았고 시뻘게진 눈은 여전히 두려움에 질린 딸을 원망하고 분노에 차 바라보고 있을 뿐이었다.

그런 주연 아빠의 걸음을 막은 건 아내였다. 주연 엄마는 몸을 떨면서도 목에 핏줄이 설 만큼 힘을 주며 남편 앞을 막아섰다. 그리고 거친 숨을 몰아쉬며 아주 천천히, 하지만 또렷한 목소리로 말했다.

"내 딸 건드리지 마."

그 순간 주연 엄마는 누군가의 아내도, 여자도 아니었다. 그저 자식을 지키려는 어미일 뿐이었다. 그리고 그 어떤 것도 자식을 지키려는 어미 앞을 막을 수는 없었다.

# 31

## 비서실장 아들

야. 니 여친이 그 학교 다닌다고 하지 않았냐? 맞지? 지주연이랑 같은 학교. 내가 지난번에 말했잖아. 나도 지주연 좀 안다고. 아이, 새끼야. 사람이 말을 하면 좀 들어라. 우리 아빠가 지주연네 회사 비서실장이잖아.

니 여친이 요즘은 별말 안 하냐? 뭐, 지주연이 귀신 본다고 말 많았잖아. 그냥 요즘 좀 조용한 거 같길래. 유튜버가 눈에 불을 켜고 지주연 뒤밟고 다닌다는 말도 있던데, 별 소득이 없는지 요즘 조용하더라. 맨날 재탕해서 영상 올리는 게 다던데.

아니, 내가 지주연한테 관심이 있는 게 아니고, 그게…….

야, 너 어디 가서 말하면 안 된다. 안 그래도 요즘 회사 분위기 안 좋고 뒤숭숭하다고 우리 아빠 걱정 엄청 많이 해. 회사

망하면 우리 아빠 백수 된다니까.

있잖아, 어젯밤에 우리 가족이 외식을 했거든? 근데 아빠가 얼굴 막 찌푸리면서 휴대폰 보고 뭐라 뭐라 하더니 밥도 안 먹고 회사 들어가 봐야 한다는 거야. 아, 오랜만에 밥 먹으러 나와서 왜 또 회사 가냐고 내가 막 짜증 냈지. 왜긴 새끼야. 나 게임하고 있다가 외식해야 한다고 불려 나간 거란 말이야. 그것도 아빠 퇴근 늦어져서 밤 9시에 저녁밥을 먹으러 갔다니까. 배고파 뒈지는 줄 알았어. 짜증이 나냐, 안 나냐.

그랬더니 아빠가 그러더라고. 대표가 분명 퇴근을 했는데 다시 출근을 했대. 그 알람이 아빠 폰으로 온 거고. 인마, 뭐 듣고 있냐. 우리 아빠가 비서실장이라니까. 그럼 대표는 누구겠어? 당연히 지주연 아빠지.

아무튼, 아빠 말이 대표가 퇴근했다가 다시 출근했다? 그 얘기는 뭔 비상이 떨어졌거나 큰일이 났거나 그렇다는 거야. 그럴 때 안 가면 다음 날 아침에 졸라 꼬장 부린대.

뭐 말은 안 해도 대표도 밤새 일하는데 직원들은 쉬냐 이거겠지. 그래서 아빠가 얼굴도장만 찍고 온다고 회사에 다시 들어간다는 거야. 그래서 내가 따라간다고 했지.

좀 궁금하기도 하고, 지주연 아빠한테 당신이 한 행동이 직원들 가족한테 아주 크나큰 가정불화를 일으킨다, 뭐 이런 걸 알려 주려고. 대표들은 직원들한테 가족이 있다는 걸 모르는 것 같더라고.

그 집 풍비박산 났을 때도 우리 아빠 거의 집에 못 들어왔어. 지주연 집이 난리가 났는데 우리 집은 아빠를 잃을 뻔했다니까? 그래서 악착같이 따라간다고 했지. 대표도 아들이 같이 가면 일 못 시킬 거 아니냐고.

그랬더니는 무슨, 당연히 안 데려가지. 회사 로비에서 딱 기다리라는 거 몰래 따라 올라갔지, 뭐. 아무튼 지금 중요한 건 그게 아니야. 내가 거기서 뭘 들었는 줄 아냐?

울음소리. 그것도 막 엉엉하면서 겁나 크게 우는 소리가 들리더라니까.

나 진짜 너무 무서워서 경찰에 신고할 뻔했다. 아니, 협박 같은 걸 받고 있거나, 강도가 들었거나, 납치가 됐다거나 뭐 많잖아. 그런 게 아니고서야 대표실에서 그렇게 소리를 내면서 울 수가 없지. 야, 지주연 아빠 나이가 쉰이 넘었어. 오십에 어떤 남자가 그렇게 소리를 내면서 우냐? 나는 성인 남자가 그렇게 우는 소릴 들어 본 적이 없다니까.

아이, 장난 아니었대도. 밖으로 소리가 다 새어 나올 정도로 엉엉 우는데 우리 아빠도 놀랐는지 대표실로 들어가지도 못하고 딱 얼어서는 나보고 입 다물고 조용히 있으라고 하더라고.

아빠 말이, 지주연 경찰에 잡혀갔을 때도 재판 결과 나왔을 때도 그렇게 운 적이 없었대. 얼마 전에 지주연 귀신 보는 영상 유튜브에 올라왔었잖아. 그때도 안 울었대. 근데 막 지주연 아빠가 울고불고 난리를 쳤다는 건 이번엔 그것보다 더 큰 게 터졌다는 거 아니겠냐?

뭘까. 죽을병 걸렸나? 아니면 지주연한테 또 뭐가 있나? 아 씨, 궁금해 죽겠네. 야, 니 여친한테 학교 가서 좀 잘 알아보라고 해 봐. 뭔 일인지 궁금해 죽겠다.

아이 씨, 아빠 따라 경영학과 갈랬는데. 왜긴 새끼야. 회사 대표 간지 나잖아. 근데 어우, 다 늙어서 울고불고 난리까지 치는 거 보면 대표도 별로인 것 같고. 아, 뭘 해 먹고살아야 되냐.

# 32

## 엄마

누구도 주연이 어떤 용기로 급식실에 갔는지 알지 못했을 것이다. 그러니 다들 그렇게 주연의 용기를 무심히 비웃었는지도 모른다.

주연의 주변으로는 아무도 다가오지 않았다. 복도를 걸어갈 때도, 썩은 음식에 모여든 파리 떼가 손짓 한 번에 날아가듯 모두가 주연과 거리를 두었다. 그럴 때마다 주연은 사라지고 싶다는 생각을 했지만 이번만큼은 달랐다.

"너 몰랐지? 사실 쌤이 급식 메뉴 보고 국수 얘기한 거야. 이번 주 급식 중에 제일 맛있는 날이 오늘이거든."

담임이 함께 점심을 먹자고 청했고, 주연은 고개를 끄덕였다.

"그럼 저번처럼 점심시간 끝날 때쯤 먹는 게 편하겠지? 먼저 가 있을 수 있어? 쌤이 잠시 어딜 다녀와야 해서."

"……네."

그렇게 주연은 혼자 급식실로 갔다. 웅성대는 소리와 귓속말들을 못 들은 척하는 게 쉽지 않았지만 그럼에도 주연은 묵묵히 줄을 섰다. 국수를 받고 의자에 홀로 앉았지만 버틸 만했다. 주연에게는 기다릴 사람이 있으니까.

"두루치기 학생 맞제?"

"네?"

흰 옷을 입은 조리사 선생님이었다. 눈가에 자글한 주름이 웃을 때마다 서글한 인상을 풍겼다.

"이거 학생한테만 주는 기다. 맛있게 무라."

조리사 선생님이 주연에게 귤 하나를 건네고 떠났다. 노랗게 반짝이는 귤을 주연이 가만히 보고 있을 때, 주연 옆으로 누군가 다가와 식판을 내려놓았다.

"옆에 앉아도 되지?"

"……네?"

"자리가 없어서."

주연이 무어라 말을 하기도 전에, 노란 명찰을 단 3학년 선배 둘이 주연의 옆자리와 앞자리에 나란히 앉았다. 그러고는 아무렇지 않다는 듯, 그저 평범한 일상일 뿐이라는 듯 밥을 먹었다.

"아이, 국수 이거 불어 터졌네."

"그래? 싫음 나 줘."

"아니. 불어 터져서 존맛이겠다는 뜻이었는데. 내 식판에 손도 대지 마라. 어딜!"

그렇게 선생님이 주연을 찾아 급식실로 오기도 전에 주연의 식판이 조금씩 비워졌다. 혼자가 아니어서인지 서은도 보이지 않았다. 어느 누구도 묻지 않겠지만 이 하루를, 주연은 죽을 때까지 잊을 수 없을 터였다.

그런 날이 있다. 별일 없이 물 흐르듯 하루가 흘러가는 날. 주연은 오늘 그런 날을 겪었다. 어쩌면 주연에게 이런 날이 아주 가끔은 찾아올지도 몰랐고, 그런 하루들이 조금씩 더 자주 찾아와 자신을 평범하게 만들지도 모른다는 생각이 들었다.

주연 엄마는 하교 시간에 맞춰 주연을 기다리고 있었다. 밤새 한숨도 자지 않은 채였다. 화를 이기지 못해 뛰쳐나간 남편이 술에 취해 들어와 소란을 벌일까 봐, 그래서 간신히 잠든 딸을 깨울까 봐 신경이 쓰였다. 아주 오랜만에 주연 엄마는 딸이 깰까 봐 감각을 곤두세우며 밤을 지새웠다.

이른 아침 주연이 방문을 열고 나왔을 때 주연 엄마는 어렵게 입을 열었다.

"오늘 학교 마치고 엄마랑 어디 좀 갈래?"

주연은 더 묻지 않았다. 고개를 끄덕일 뿐이었다. 아마 어젯밤 엄마 아빠 사이에 오간 이야기를 통해 오늘 엄마와 갈 곳이 병원이라는 걸 알고 있을 터였다.

주연은 조수석 문을 열고 차에 탔고 한참을 아무런 말도 하지 않았다. 침묵이 흘렀지만 예전처럼 무겁지는 않았다.

엄마는 어딘가 초조해 보였다. 걱정하는 것 같기도 했고 떨고 있는 것 같기도 했다. 운전하는 엄마의 옆모습을 바라보며 주연이 먼저 입을 열었다.

"나 어렸을 때…… 엄마한테 많이 웃어 줬어?"

"갑자기 무슨 얘길 하는 거야?"

"그냥. 내가 어렸을 때 엄마한테 많이 웃어 주는 아기였다면 좋겠어서."

'엄마는 목숨 걸고 아기를 낳아 주는 것으로, 아기는 그런 엄마에게 웃어 주는 것으로 엄마랑 자식 간의 빚은 끝이야.'

주연은 서은 엄마의 말을 떠올리며 차창에 머리를 기댔다. 지금 엄마가 자신을 어디로 데려가는지 알고 있었지만 주연은 거부하지 않았다. 며칠 밤샘이라도 한 것처럼 주연은 몹시 피곤하고 졸려 눈을 감았다.

"……미안해, 엄마."

"응?"

"내가 자꾸만 서운이 봐서."

잠결에 한 말이었을까. 주연은 그 말을 끝으로 깊은 잠에 빠졌다. 신호를 기다리는 동안 주연 엄마는 잠든 딸의 얼굴을 바라보았다.

'다섯 살 때 이후로 한 번도 괜찮았던 적 없어.'

그날 주연이 한 말이 정말이었을까. 엄마는 주연의 말을 곱씹었다. 주연을 낳아 키우는 동안 얼마나 많은 일이 있었던가. 어린 시절 주연은 꼼지락대는 작은 손가락으로 엄마의 손을 매만졌다. 아무리 웃고 또 웃어도 지치지 않는다는 듯 웃어 주었고, 세상에서 가장 소중한 것을 바라보듯 엄마와 눈을 마주쳤다. 주연 엄마는 지난날을 떠올리자 눈물이 날 것 같았다.

작고 귀여웠던 아이가 언제 이렇게 커 버렸는지, 대체 세월이라는 게 어떤 마법을 부린 건지 신기할 정도였다. 그런 아이가 언제 웃었는지 기억도 나지 않는다는 말을 꺼내기까지 엄마라는 사람은 무엇을 하고 있었던 걸까. 엄마는 자책했다. 고작 다섯 살짜리 아이에게 짐을 지운 일이 죄스러웠다. 더 높은 곳으로 올라가게 만드는 것이 주연을 위하는 일이라고 생각했다. 남들이 우러러보게 만들고 남들보다 우위에 서게 하면 되는 줄 알았다. 그게 엄마의 일인 줄만 알았다.

"엄마가…… 몰라서 미안해. 엄마가 다시 시작할게. 다시…… 다시 해 볼게."

주연의 머리를 쓰다듬으며 엄마가 속삭였다. 마치 자기 자신에게 다짐이라도 하듯이.

해서 엄마는, 조금 더 운전을 하기로 했다. 곤히 잠들어 있는 딸을 조금이라도 더 재우고 싶다는 생각이 들어서였다. 작은 아기였던 주연이 잠들면 그랬듯, 엄마는 행여 주연이 깨기라도 할까 조심조심 운전했다. 아기였던 주연을 품에 안아 재울 때처럼.

# 33

## 3학년 선배

야. 너희는 그렇게 할 일이 없니? 아니면 인생이 심심해 죽겠어? 왜 쓸데없이 모여서 멀쩡한 애 욕을 하고 그래?

남이사 밥을 먹든 말든, 너네가 뭔 상관인데. 걔가 급식실에서 밥 훔쳐 먹었어? 점심시간에 급식실에서 밥 먹은 게 뭐 대단한 일이라고 모여서 난리를 치고 있냐고.

아니, 내가 궁금해서 그래. 도대체 얼마나 할 일이 없으면 사람 씹어 대는 일에 시간과 에너지를 쏟을까 싶어서.

너희 하는 짓거리가 우습고 뻔한 게 꼴 보기 싫어서 그런다. 머리를 풀로 빵빵 돌려서 앞으로 뭐가 될까, 뭘 해서 먹고사나 평생 고민해도 별로 나아질 것 같지 않은 너희가 남 걱정이나 하고 앉아 있으니 얼마나 우습니?

그래. 네 인생 네가 망치든 말든 나는 아무 상관도 없는데 너희가 욕하는 사람에 나도 포함돼서 듣기가 영 거북하네.

응. 내가 그 귀신 보는 애랑 같이 점심 먹은 미친년인데, 뭐 문제 있어? 너희가 아까 그랬잖아. 급식실에서 지주연이 식판 가져다 놓고 제사 지내는데 옆에 웬 미친년들이 앉아서 같이 밥을 먹더라고. 그거 나더러 들으라고 한 소리 아니니?

아, 들으라고 한 소리는 아니구나? 그럼 말소리를 좀 작게 소곤대면서 하든가. 아니면 어디 구석에 찌그러져서 지껄이든가. 이렇게 복도 한복판에서 그렇게 큰 소리로 말하는데 못 듣길 바란 게 더 이상하지 않아?

바로 내 앞에서 나더러 미친년이라고 하는데 가만히 지나가는 년이 더 미친 거지. 너희가 뭔데 나더러 미친년이래? 내가 무슨 지주연 제사를 방해했다고? 식판 받아 놓고 가만히 앉아 있으면 제사 지내는 거냐? 너희들 제사 안 지내 봤어?

그치, 모르지? 모르니까 개소리를 아무렇지도 않게 지껄이지. 야, 모르는 게 죄는 아닌데 부끄러운 줄은 좀 알아라. 무식한 게 자랑이나 되는 줄 알고 떠드는데 어유, 내가 다 창피하다.

아니? 나 지주연이랑 친분 없는데. 모르는 사이라고. 너희 같이 잘 알지도 못하면서 남 욕하는 애들보다는, 잘 모르는 애랑 밥 같이 먹는 게 훨씬 나은 거 아니니? 그리고 너희가 급식실 전세 냈어? 우리 학교 학생이 급식실에서 밥 먹는데, 누가 누구랑 앉아 먹든 혼자 먹든 뭔 상관이냐고.

남이사 어떻게 살지 말지, 너희가 뭔데 신경을 써? 걱정이 돼서 그래. 아무짝에도 쓸모없는 일에 마음 쓰지 말고, 공부하기 싫고 니 인생 걱정하기도 싫으면 차라리 오늘 저녁 뭐 먹을까 그 걱정이나 해라. 그게 훨씬 더 생산적이니까.

뭘 쳐다봐? 짜증 나게. 할 일 없으면 조용히 집에나 처가.

# 34

## 꿈

"잘못했어, 주연아."

서은이다. 꿈속에서 서은은 늘 마지막 그날의 모습으로 찾아왔다. 무릎을 꿇고, 다 잘못했다고, 다시 친하게 지내고 싶다고 용서를 빌던 그날의 모습 그대로.

"뭘 잘못했는데?"

주연은 아니라고, 그러지 말라고, 네가 다시 내 친구이길 바란다고 말하고 싶었지만 꿈속의 자신은 여전히 차갑게 뭘 잘못했냐고 서은을 채근하기만 했다. 주연은 꿈속에서조차 자신이 싫어졌다. 그만해. 서은이한테 그러지 마. 사실은 서은이 네가 떠날까 봐, 결국 나 혼자 남을까 봐 무서워서 그런 거라고, 서은이 너는 아무것도 잘못한 게 없다고 말해. 그렇게 말해, 어서.

"다 할 수 있다고 했지? 그럼 죽어 봐."

하지만 주연은 다시 그때처럼 그 말을 내뱉고야 만다. 서은의 얼굴은 지친다는 듯, 이제 진절머리 난다는 듯 굳어졌다. 서은이 딱딱한 얼굴로 툭툭 털고 일어나 주연을 내려다보며 물었다.

"이제 다 기억나?"

"……뭐?"

주연은 이게 꿈인지 현실인지 구분이 되지 않았다. 서은이 죽고, 경찰은 주연을 용의자로 체포했다. 그리고 물었다. 그날, 학교에서 무슨 일이 있었느냐고.

그날, 학교 뒤에서 서은은 주연에게 너를 한 번도 친구로 생각한 적 없다고 말했다.

"다 기억하고 있었잖아. 그날 내가 너한테 했던 말. 그런데 왜 기억 안 난다고 했어?"

"……네가 정말로 나한테 그랬을 리 없으니까."

"우리는 여전히 친구야?"

바람이 거세게 불어왔다. 차갑고 매서운 바람이 서은과 주연의 머리칼을 휩쓸고 지나갔다. 주연은 어깨를 움츠릴 만큼 바람이 시리게 느껴졌다.

"말해 봐. 우리는 여전히 친구야?"

"미안해, 서은아. 내가, 너무 미안해."

"뭐가 그렇게 미안한데?"

목이 콱 막히는 듯했다. 어떤 말도 나오지 않았다. 하지만 주연은 꼭 말하고 싶었다. 지금이 아니면 영영 말하지 못할 것만 같았다. 그래서 나오지 않는 목소리를 애써 쥐어짜며 천천히 말을 이었다.

"……너를 당연하게 여겨서…… 미안해. 고마워해야 했는데, 너를 빼앗길까 봐 무서웠어. 다시 혼자가 될까 봐."

"그래서 혼자가 되니까 무서워?"

"……모르겠어."

네가 그리워. 주연은 그렇게 말하고 싶었다.

서은이 잠시 아무 말 없이 주연을 바라보았다. 할 말이 많이 남은 사람처럼, 아니면 하고 싶은 말이 너무 많아서 무슨 말을 해야 할지 모르는 사람처럼.

"정말로 너는 혼자야?"

무슨 뜻이었을까. 주연은 서은의 눈을 바라보았다. 왜 그랬을까. 하필 그때 주연의 머릿속으로 많은 사람들이 스쳐 지나갔다. 새로운 담임 선생님 얼굴이 떠올랐고, 귤을 나누어 준 조리사 선생님 얼굴이 떠올랐다. 서은 엄마가 생각났고, 아빠의 앞을 막아서던 엄마 얼굴도 떠올랐다. 그래서 주연은 천천히 고개를 저었다.

"……아니."

"다행이다."

서은의 얼굴이 밝아졌다. 금방이라도 돌아설 듯 굳어 있던 얼굴이 점차 환하게 변해 갔다. 예전처럼, 꼭 예전의 서은처럼.

"거봐. 별거 아니지."

서은은 미소 띤 얼굴로 주연을 바라보았다.

"서은아……."

"네가 나를 함부로 대할 때마다 아팠어. 그래서 그만둘까 싶기도 했는데, 그래도 너는 여전히 내 친구더라."

서은이 주연의 손을 잡았다. 마치 아주 오랫동안 주연을 걱정했다는 듯, 이제 안심이라는 듯. 그런 서은을 바라보자 주연도 이상한 안도감이 들었다. 지금껏 있었던 일들이 모두 거짓말 같았다. 서은은 처음부터 죽지 않았고 주연이 겪어야 했던 끔찍한 날들도 처음부터 일어난 적 없는 일인 것만 같았다. 이제 다 괜찮아질 거라는 생각이 들었다.

"주연아."

"응?"

"나…… 이제 안 와도 되지?"

주연은 놀란 눈으로 서은을 바라보았고, 서둘러 고개를 저었다. 또 어딜 가려는 거야? 계속 여기 있어 줘.

"이제 가야 돼. 너무 오래 있었어."

"아니야 서은아. 가지 마. 응?"

주연이 어린아이처럼 서은의 손을 잡았다. 애원하듯 매달리며 제발 가지 말라고 말하려는데 이상하게 더는 말이 나오지 않았다. 서은은 여전히 다정한 얼굴로 주연을 바라보며 작게 중얼거렸다.

"주연아. 너는……."

뭐라고? 서은아 안 들려. 더 크게 말해 줘.

"너는 꼭……."

서은의 목소리가 점점 작아지고 주연은 서은이 하는 말을 듣기 위해 안간힘을 썼다. 서은이 하는 말을 듣기 위해, 그 입 모양이라도 보기 위해 눈에 힘을 주었다. 한순간도 놓치지 않기 위해서.

무슨 말을 하는 걸까. 서은아, 조금만 더 크게, 더 크게 말해 줘. 조금만…….

"주연아? 다 왔어, 일어나야지."

깜짝 놀란 주연이 눈을 떴을 때, 주연은 자신이 여전히 차에 타고 있다는 걸 깨달았다. 엄마가 놀란 주연을 안심시키듯 다독였다.

"왜 그래? 괜찮아?"

"여기 어디야?"

"어디긴, 집이지. 내리자."

병원이 아니라 집이라고? 내가 왜 집에 와 있어? 어리둥절해진 주연을 엄마가 빙그레 웃으며 바라보았다. 그러고는 처음부터 아주 먼 드라이브를 다녀왔을 뿐 변한 건 없다는 듯한 엄마를 주연은 멍하니 바라보았다.

차 문을 여는 주연에게 엄마는 딸아이의 이름을 불렀다.

"주연아."

"……."

"……힘들다고 말해 줘서 고마워."

그 작은 말 한마디가 말라 죽어 가던 주연을 단비가 되어 적시기 시작했다.

엄마의 눈은 빨겋게 충혈되어 있었고 얼굴은 온통 눈물 자국으로 가득했다. 주연은 그 눈물 자국을 보며, 더 이상 서은이 자신에게 찾아오지 않을지도 모르겠다고 생각했다. 그리고 집에 발을 딛는 순간 서은이 자신에게 무슨 말을 하고 싶었던 건지 깨달았다.

그건 꿈속에 나타난 서은이 마지막으로 전한 말이었고, 동시에 주연이 세상에서 사라지고 싶을 때마다, 그때마다 주연의 곁을 맴돌며 작게 중얼거리던 서은의 입 모양이었다.

주연아, 너는 꼭…….

살아.

# 35

## 주연의 엄마

여보세요?

당신 지금 전화 받을 수 있어요? 아니, 못 받아도 받아요. 그냥 내가 하는 말 듣기만 하면 되니까.

사실 며칠 전에 어머님한테 전화 왔었어요. 주연이 데리고 한번 내려오라 하시더라고요. 그냥, 주연이한테 밥 한 끼 먹이고 싶다면서요. 그래서는요? 주연이 조금 괜찮아지면 어머님 댁에 내려갈 생각이에요. 네, 어머님 댁에 가서 주연이 따뜻한 밥 한 끼 먹이고 어머님 얼굴도 뵙고 그러고 올 생각이에요.

여보, 나는 내 딸 목구멍으로 밥이 넘어가는 일이 그렇게 기쁜 일인지 모르고 살았어요. 남들 다 먹는 밥 대수롭지 않게 생각했고, 그래서 한 끼 굶으면 세상이라도 무너지는 듯

호들갑 떠는 사람들을 보면 이해가 안 됐어요.

근데 이제 알겠더라고요. 내 자식 밥 걱정해 주는 사람이 정말 고마운 사람이라는 거.

주연이가 서은이네 집에 가서 밥 먹고 온다는 말을 들었을 때 하늘이 무너지는 것 같았는데, 그 애 엄마 얼굴을 보는 순간 알겠더라고요. 아무것도 못 먹는 내 딸 살려 준 은인이구나. 그 애 엄마가 아니었으면 우리 주연이 죽었을 수도 있겠구나…….

나는 늘 내가 우리 주연이를 위해서라면 최선을 다했다고 생각했거든요. 근데 아니었더라고요. 주연이가 다섯 살 이후로 한 번도 행복한 적 없었다는 말을 하는데, 그 말을 듣는데, 나는 한 번도 제대로 된 엄마였던 적이 없었구나, 그러면서 뭘 믿고 그렇게 주연이에게 좋은 엄마였다고 생각했을까, 어쩜 그렇게 바보같이 최선을 다했다고 혼자 자부했던 건지, 모든 게 다 후회됐어요.

주연이한테 필요한 건 결코 곁을 떠나지 않을 엄마와 무슨 일이 있어도 믿어 주는 아빠, 그게 다였던 거예요. 우린 주연이한테 한 번도 그걸 준 적이 없는 거야. 그 어린 게 가슴이 무너져 내리는 동안에도 그저 잘 크고 있다고, 그런 어리석은 생각으로 주연이를 지켜보기만 한 거라고요.

그래서 이제부터 하려고요. 어리석은 엄마였지만 한 번도 널 사랑하지 않은 적 없었다고 주연이한테 말해 줄 거고요, 다섯 살 때부터 행복하지 않았다면 엄마는 네가 다섯 살이던 그 시절부터 다시 시작할 거라고도 말해 줄 거예요.

나한테 이제 중요한 건 주연이 하나예요. 주연이가 행복해지고 다시 웃을 수 있으면, 더는 아무것도 바라는 게 없어요.

오늘 주연이 데리고 병원에 가려고 했어요. 빨리 치료받아서 낫게 하려고요. 입원 준비도 하고 갔어요. 주연이가 정상적인 생활을 하는 게 가장 중요할 테니까. 그 생각이 먼저였어요. 주연이 마음에 어떤 상처가 있을까가 아니라 다른 사람 눈에 띄지 않게, 입소문 나지 않게 빨리 치료부터 해야겠다, 바보같이 그 생각이 먼저였다고요.

그래서 안 갔어요, 병원. 순서가 잘못됐다는 걸 알았으니까요. 병원에 아주 안 가겠다는 뜻은 아니에요. 주연이 마음 좀 추스르고 나면 나랑 손잡고, 다른 사람 눈치 안 보고 같이 병원 가서 진료받을 거예요. 당신 친구 말고, 주연이 마음 더 잘 알아줄 의사도 찾아볼 거예요. 필요하면 치료도 받아야죠. 근데…… 이제 두 번 다시는 주연이한테 상처 주면서 살지 않을 거예요.

병원에도 전화해서 얘기했어요. 진료받고 심리 치료부터

시작해 보자고 하시더라고요.

심리 치료에 가족 심리 치료도 포함되어 있어요. 주연이를 제일 많이 아프게 한 건 당신이랑 나, 우리니까. 그러니까 당신도 참석해요. 회사 일이 바쁘건 말건 무조건 참석해요. 당신 회사 대표잖아. 대표가 딸을 위해서 한 시간도 못 내면, 그냥 회사 접어요. 나는 이제 당신 회사도 당신도 아무것도 무섭지 않으니까.

우리가 병원에서 가족 상담 받는다고 하면 여러 사람 입에 오르내리겠죠. 병원 오가는 모습만 봐도 온갖 걸 부풀려서 얘기할 거예요. 그래도 상관없어요. 내 인생에 조금도 중요하지 않은 그런 사람들 말에 휩쓸려서 너무 많은 시간을 낭비했어. 더는 그런 말들에 휘둘리고 싶지 않아요.

당신도 잘 생각해 봐요. 당신 인생에서 정말 중요한 게 뭔지. 마지막에 당신 곁에 있어 줄 사람들이 누구일지. 생각하고 판단해 봐요. 문자로 상담 날짜 보내 놓을게요.

# 36

## 하루들

“오늘 아버님은 같이 안 오세요? 이번 치료는 가족이 모두 모여서 하는 게 가장 좋다고 말씀드렸는데.”

의사의 말에 주연은 고개를 숙인 채 발끝만 내려다보았다. 아빠가 오지 않으리라는 걸 알고 있는데도 당장이라도 토할 듯 속이 울렁거렸다. 엄마는 그런 주연의 손을 힘껏 잡았다. 놀란 주연이 고개를 들자 엄마는 주연과 눈을 마주치며 맞잡은 손에 힘을 주었다.

괜찮으니 걱정하지 말라고. 여기 엄마가 있다고. 이상하게도 그 눈빛에 울렁이던 속이 잠잠해졌다.

“애 아빠가 많이 바빠서요. 우선 저희끼리 진행하고…….”

그때 문이 벌컥 열리며 아빠의 얼굴이 보였다. 시간 맞춰 오느라 달리기라도 한 듯 땀범벅이 된 얼굴로 거칠게 숨을 내쉬면서였다.

"죄송합니다. 차가 많이 막혀서…… 늦었습니다."

"아닙니다. 시간 딱 맞춰서 잘 오셨네요."

의사가 미소를 지었고, 주연 아빠는 숨을 가다듬으며 주연과 눈을 마주쳤다. 주연은 어리둥절했고 엄마는 안도했다.

주연에게 소리쳤던 날. 당장이라도 주연을 향해 손찌검을 할 것 같던 그날.

그날 아빠는 자신에게서 자기가 가장 끔찍하게 여기던 아버지의 모습을 보았다. 아내가 아니었다면 결코 그 손을 멈출 수 없었을 거라는 걸 누구보다 자신이 가장 잘 알고 있었다.

자신의 어머니는 막아 주지 못했던 짐승의 주먹을, 아내가 막아 주어 다행이라 여기면서도 아버지와 똑같아질지 모른다는 공포에 질려 주연 아빠는 밤새 가슴을 치고 눈물을 흘렸다.

아버지처럼 될지도 모른다는 두려움은 딸을 다시 볼 수 없을지 모른다는 공황으로 찾아왔다. 심장이 뛰고 손발이 떨려 왔다. 그 괴물 같던 모습을 딸이 용서해 줄까. 두려움은 언제나처럼 그를 갉아먹었고, 아무것도 해내지 못하던 어린 시절로 그를 되돌려 놓았다.

주연 아빠는 한동안 집에 들어가지 않았다. 회사 근처 사우나에서 씻고 비서를 시켜 옷을 가져오게 했다. 그동안 아내는 심리 치료에 참여하라는 전화를 마지막으로 어떤 연락도 해 오지 않았다.

주연을 위해 심리 치료에 참석하는 게 뭐 그리 어려운 일이었을까. 아무리 회사가 바빠도 어떻게든 시간을 내면 그만이었고, 하늘이 두 동강 나도 해야 한다면 하는 사람이 그였다.

하지만 딸의 얼굴을 볼 자신이 없었다. 혹시라도 딸이 어린 시절 자신이 아버지에게 그랬던 것처럼, 똑같은 눈으로 자신을 바라볼까 겁이 났다. 그건, 그에게 있는 모든 것을 빼앗기는 것과 마찬가지였으니까.

그리고 지금 주연 아빠는 딸을 위해서 늦지 않으려고 온 힘을 다해 달려온 것이 자신의 인생에서 가장 잘한 일이었음을 깨닫고, 또 깨닫고 있었다.

별일 아닌 일들로 시간이 흘러갔다.

주연 엄마는 주연을 위해 밥을 차리기 시작했다. 주연은 엄마를 생각해 억지로 두어 숟가락 밥을 퍼 먹고는 어김

없이 구토를 했다. 엄마는 그러는 주연을 한 번도 다그치지 않고 매 끼니 새로 밥을 차렸다. 처음에는 간신히 한 숟가락을 먹던 주연은 며칠이 지나자 서너 숟가락을 먹었고, 이제는 반 그릇 가까이 밥을 먹을 수 있었다.

서은 엄마는 서은을 그리워하던 슈퍼 사장님의 제안으로 슈퍼에서 일을 시작했다. 그곳에서 서은 엄마는 서은을 기억하는 사람들에게서 엄마가 몰랐던 딸의 이야기를 들었다.

학교에서 주연은 여전히 혼자였지만 이 세상에서 사라지고 싶다는 생각을 더는 하지 않았다. 담임 선생님은 여전히 메뉴를 바꿔 가며 주연과 일주일에 한 번 정도 같이 점심을 먹었다. 급식실의 영양사 선생님과 조리사 선생님은 주연을 보면 눈짓으로 인사를 건넸고, 그 눈짓으로 혼자 먹는 날도 제법 견딜 만해졌다.

9월 모의고사 때 주연은 태어나 처음으로 받아 보는 점수를 받았다. 주연 엄마는 딸의 성적표가 나온 날 '잘했네'라거나 '실수도 실력'이라는 평가를 내리지 않았다. 성적을 물어보는 대신 환히 웃으며 "시험 치느라 고생했겠네, 우리 딸."이라고 말할 뿐이었다.

주연은 서은 엄마와 함께 납골당에 다녀왔다. 그곳에 가는 일은 아슬아슬한 낭떠러지 위로 올라가는 것만큼이나 두려웠다. 해서 주연은 오랫동안 용기를 내야 했다.

사진 속 서은은 해맑게 웃고 있었고 그곳에 있기에는 너무도 어리고 밝아 보였다. 주연은 서은의 사진을 보고 한참을 울었고, 떨리는 손으로 가방에서 서은과 함께 찍은 사진 한 장을 꺼냈다.

"저기에…… 같이 넣어 놔도 돼요?"

서은 엄마는 빨개진 눈으로 고개를 끄덕였고 주연은 서은과 함께했던 날들을 떠올렸다. 그 많은 날들에 서은은 언제나 주연의 기쁨이었는데, 서은의 삶에서도 주연은 기쁨이었을까. 미안한 마음들이 가슴 언저리에 가시처럼 걸려 영원히 빠지지 않을 것임을 깨달았다.

그리고 서은은…… 더 이상 주연 곁에 찾아오지 않았다.

때때로 주연은 서은이 어디선가 자신을 바라보고 있지는 않을까 하는 생각에 주변을 둘러보았지만 서은은 꿈속에서조차 나타나지 않았다.

별일 아닌 하루가 계속되고 있었다.

무너진 삶을 회복하고 조각난 가족을 원래대로 맞추는데 필요한 것은 그저 그런 평범한 일상, 그게 다였다. 특별

할 것 없는 하루들이 모이고 모이다 보면, 언젠가 주연도 보통의 아이들처럼 평범해질 수 있을지 몰랐다.

당신과, 당신의 가족처럼.

## 작가의 말

『죽이고 싶은 아이』가 세상에 나온 지 벌써 3년이 흘렀다. 많은 독자에게 사랑을 받은 작품인 만큼 후속 요청도 많았다. 그때마다 나는 언제나 "후속은 없다."라고 단언했는데 그 이유는 간단했다. 『죽이고 싶은 아이』를 통해 하고 싶은 이야기는 그 한 권에 모두 담았으니 더 이상 그 이야기를 통해 전하고 싶은 말이 없다는 이유였다. 게다가 나는 쓰고 싶은 이야기가 너무도 많았다. 그 많은 이야기를 두고, 후속편을 쓸 수는 없다고 생각했다. 그랬던 내가 『죽이고 싶은 아이』의 두 번째 이야기를 쓰게 된 건 지난해 겨울 강연장에서 만난 한 중학생의 질문 때문이었다.

"작가의 말에 보니 '작가는 인물에 책임을 져야 한다고 배웠다'라고 쓰여 있던데 정말로 작가님은 책 속의 인물에게 책임을 졌다고 생각하세요?"

순간 말문이 막혔고 머리가 멍해졌다. 강연을 끝내고 집으로 돌아오는 내내 그 말이 목구멍에 가시처럼 맴돌았다. 밤새 그 질문은 나를 괴롭혔다. 나는 주인공들에게 책임을 지고 있었던가. 최선을 다했다고 말할 수 있던가. 아니다. 그랬다고 대답한다면 나는 거짓말을 하고 있는 거였다. 『죽이고 싶은 아이』에 책임을 다하지 않고는, 다른 이야기를 쓸 수 없다고 생각했다.

『죽이고 싶은 아이』가 진실과 믿음에 관한 이야기였다면, 두 번째 이야기는 소문이 어떻게 한 사람의 인생을 장악해 가는지를 보여 주는 이야기다. 동시에 산산조각 나고 부서진 인생을 다시 일으켜 세우는 모습을 그리려 애썼다. 아무리 무너져 내린 삶이라도 다시 일으켜 세워야만 하므로. 그래야만 하는 것이 삶이므로.

생채기 났던 주연이를 원래의 자리로 되돌리면서 얼마나 눈물을 쏟았는지 모르겠다. 나는 글을 쓰면서 주연이가 되었다가, 주연 엄마가 되었다가, 죽은 서은이가 되었다. 하나뿐인 자식을 잃은 서은 엄마가 되기도 했고 안쓰러운 아이를 향해 손을 내미는 조리사가 되어 보기도 했다. 여러 인물이 되어 이야기를 쓰고 나서야 비로소, 두 번째 이야기가 더 빨리 나왔어야 했다는 생각이 들었다.

두 번째 이야기를 기다려 준 독자들에게, 내가 너무 늦은 건 아닐지 미안한 마음과 함께 안부를 전한다. 또 내게 '책임'을 져 달라고 말해 준 독자에게도 감사의 인사를 전하며 덕분에 이 책이 나왔다고, 나에게 깨달음을 주어 고맙다는 말을 꼭 전하고 싶다.

마지막으로 함께 이야기를 읽어 주고 고민해 준 편집부에 감사를, 언제나 나를 믿어 주고 단단하게 만들어 주는 가족들에게 사랑을 보낸다. 무엇보다 이 책을 끝까지 읽어 준 당신에게, 진심을 다해 고개 숙여 마음을 전한다.

2024년 7월

당신의 하루가 언제나 빛나길 바라며, 이꽃님.